Italo Svevo

L'avventura di Maria

© 2023 Culturea Editions

Texte et illustration de couverture : © domaine public
Edition : Culturea (Hérault, 34)
Contact : infos@culturea.fr
Retrouvez notre catalogue sur http://culturea.fr
Imprimé en Allemagne par Books on Demand
Design typographique : Derek Murphy
Layout : Reedsy (https://reedsy.com/)

Dépôt légal : janvier 2023
Tous droits réservés pour tous pays

ISBN : 9791041843954

Commedia in tre atti

PERSONAGGI

ALBERTO GALLI, commerciante

GIULIA, sua moglie

MARIA TARELLI, violinista

IL SIGNOR TARELLI, zio di Maria

IL PROF. GIORGIO, fratello di Giulia

PIERO, figlio di Alberto e di Giulia

IL SIGNOR MAINERI, maestro di piano

IL SIGNOR CUPPI

AMELIA, la cameriera

ATTO PRIMO

Tinello in casa Galli.

SCENA PRIMA

ALBERTO che dorme su di una ottomana, GIULIA e GIORGIO

GIULIA (a Giorgio che entra). Pst! Piano, che dorme!

GIORGIO Te l'avevo detto io che non c'era da impensierirsi! Eccolo là che dorme e il rimorso di aver tolto a te il sonno di una notte intera non lo inquieta punto.

GIULIA Non ne ha colpa. Per distrazione ha perduto due treni. Telegrafò subito, ma per un caso malaugurato il dispaccio mi venne consegnato soltanto pochi minuti fa.

GIORGIO Due treni ha perduto e i suoi dispacci da Firenze ci mettono ventiquattr'ore? Sono cose che non toccano che a lui! Fammi vedere il dispaccio!

GIULIA L'ho gettato via.

GIORGIO Perché non indirizzare un reclamo all'ufficio telegrafico? Io non tollererei per massima un simile disordine!...

GIULIA   Che vuoi che ora importi a me che mettano ordine in quell'ufficio? Chissà quanti anni trascorreranno prima ch'io abbia a ricevere un altro dispaccio!... Come dorme! (Guardando Alberto con affetto). Mi dispiace che presto dovrò destarlo per l'arrivo di Maria Tarelli e di suo zio... Senza conoscerli non li ama molto. Se incominciano poi dall'impedirgli il sonno, li amerà anche meno, e saranno poco gradevoli i giorni che Maria passerà con noi, perché franco e sincero com'è non saprà celare la sua antipatia.

GIORGIO   Spero che almeno non dirà loro in faccia che li ritiene per istrioni. A me indispone sentirlo parlare in tal modo di una grande artista.

GIULIA   Che vuoi farci! Alberto è un buon borghese che ci tiene alla sua vita regolare e non ama la gente nomade come Maria e suo zio.

GIORGIO   Sí, sí. (Con un po' di disprezzo.) È tuo degno marito!

GIULIA   Che vuoi farci! Siamo felici cosí. Tu sogni arte e scienza; noi vogliamo calma e felicità. Ritengo però che Maria finirà col conquistarsi le simpatie di Alberto... Delle tue può andar sicura... anche troppo! E bada, ch'io terrò gli occhi molto aperti!

GIORGIO   Non temere! Certo che parlare con Maria Tarelli mi divertirà meglio che con la gente solita che mi tocca frequentare qui. Però non ho tempo da perdere, io, e devo riservarmi ad altre cose.

GIULIA   Maria è molto bella; è inoltre distinta e cara. All'infuori di certi accenti bruschi, maschili, sorprendenti nella sua voce, ch'è adorabile, troverai in lei una dama.

SCENA SECONDA

AMELIA, PIERO e DETTI

AMELIA   C'è fuori un signore che vuol parlare col signor Alberto.

GIULIA   Pst! Va a vedere tu, Giorgio! (Giorgio via.)

PIERO Mamma, papà non ti ha detto niente del regalo?

GIULIA   No. Gliene parleremo allorché si sarà svegliato. Zitto, ora!

ALBERTO   (svegliandosi si guarda intorno con sorpresa). Mi pareva di essere ancora in viaggio... Quanto tempo ho dormito?

GIULIA   Circa due ore. Il sonno, no, non lo hai perduto...

ALBERTO   Hai ragione di farmene un rimprovero. Dopo quindici giorni di assenza doveva bastare la vista della mia cara moglie per tenermi desto. Ma sono precisamente i quindici giorni di fatiche che mi fanno essere cosí. Ho faticato molto. (Stirandosi.)

GIULIA   C'è fuori un signore che domanda di te. Amelia, chiama il signor Giorgio.

ALBERTO   (ancora assonnato). Chi domanda di me?

GIULIA   Non lo so; Giorgio ce lo dirà. (Siede accanto a lui e attira a sé Piero.) Piero chiedeva se gli hai portato qualche dono.

ALBERTO   (dapprima sorpreso). Un dono? Ah, sí... Me ne sono dimenticato.

GIULIA   (sorpresa ed offesa). Davvero?

ALBERTO   Ho pensato di fare tale acquisto qui, ove tutto è piú a buon mercato.

PIERO Allora potrò scegliere io? (Alberto lo bacia ridendo.)

GIULIA   Avrei preferito che tu avessi fatto tale acquisto fuori. Sarebbe stata una prova che anche lontano da noi, ci pensi egualmente.

ALBERTO   (scherzosamente). Io non ci ho mica pensato che il dono a Piero poteva valere per te quale una prova del mio affetto. Altrimenti gli avrei portato non uno, ma dieci doni.

PIERO Dieci doni! Peccato che tu non ci abbia pensato!

ALBERTO   Bravo Piero! Tu trovi sempre la parola giusta.

SCENA TERZA

CUPPI, GIORGIO e DETTI

GIORGIO   Si accomodi. (Presenta.) Il signor Cuppi, mia sorella, mio cognato Alberto Galli...

CUPPI (esageratamente cortese). Ho tanto, tanto piacere. (Stringe la mano a Giulia, poi ad Alberto.) Li conosco di vista da parecchio tempo, e sempre mi auguravo di fare una conoscenza piú intima... (correggendosi)... sí... piú vicina, piú vicina, sí. Ora l'occasione si è presentata, perché io attendo i signori Tarelli.

ALBERTO   Ah, cosí? Sono raccomandati a Lei? Non avranno piú bisogno di noi?

CUPPI No, no. Non sono raccomandati a me. Ma come? Loro non mi conoscono affatto? Bisognerà che mi presenti da me? Non sanno ch'io sono l'amico degli artisti? Se non faccio altro io a questo mondo! Come si fa ad abitare questa città e non conoscermi! Oso asserire, sí, oso, che in questa città di provincia io sono la cosa... la persona piú preziosa per gli artisti. Sono loro servo devoto e li aiuto in tutto quello di cui possono abbisognare. È una occupazione che rende poco, ma che fa passare magnificamente, sí, gradevolmente la vita. La Ristori diceva di questa città: Di bello non c'è che la statua a Dante e Cuppi; paragone che non calza perfettamente, perché io servo a qualche cosa... a molto, anzi. Peccato che i signori Tarelli trovino qui l'alloggio pronto; ne avevo uno bellissimo da porre a loro disposizione, una vera occasione.

ALBERTO   Se preferiscono quello che si servano.

GIULIA   Ma Alberto! (Poi a Cuppi.) Ho promesso a Maria di tenerla con me. Viene qui più allo scopo di vedermi che di dare quei due concerti.

CUPPI (ammirandola). Era proprio amica Sua intrinseca?

GIULIA   Ma sí. Amica di collegio.

CUPPI Tanto giovane e in poche settimane è divenuta famosa. Tutti i giornali parlano di lei.

SCENA QUARTA

AMELIA e DETTI. Poi MAINERI, TARELLI e MARIA

AMELIA   Sono qui, ma in tre.

ALBERTO   In tre? Vanno aumentando continuamente.

AMELIA   Una signora e due signori. Sono giú dinanzi alla porta di casa.

CUPPI Vuole che li vada a chiamare io?

MARIA   (entra seguita da Maineri e Tarelli). Ne parleremo piú tardi... E Giulia? Come stai? (La bacia affettuosamente.) Uh, che pezzo di donna! Hai il volume che in passato avevamo in due. Sei cambiata, molto cambiata. Sempre una bella persona, ma non sei piú quella. Che peccato! Io che sperava di ritrovare in te quella mia antica dolce amica cui mi piaceva tanto di fare del male per vedere fin dove arrivasse la sua indulgenza. Certo hai perduto quell'indulgenza. Chissà quanto cattiva sarai divenuta invecchiando!

GIULIA   Tu sei sempre la stessa coi tuoi occhi seri e dolci. (Presentando.) Mio marito...

ALBERTO   (con lieve sorpresa). Signorina!...

MARIA   (ridendo dopo un istante di sorpresa). Ooh... Una vecchia conoscenza!

ALBERTO   Infatti abbiamo fatto una parte di viaggio insieme. Da Bologna a Firenze.

MARIA   Ancona, cioè...

ALBERTO   In Ancona non sono stato questa volta. (Un po' confuso.)

MARIA   (sorpresa). Ah, cosí?

ALBERTO   (a Giulia). L'altr'ieri siamo stati insieme... Da Bologna a Firenze.

MARIA   (molto sorpresa). L'altr'ieri?

GIULIA   E non vi siete conosciuti?

MARIA   Non ve n'è stata l'occasione.

ALBERTO   (cortesemente a Maria). Ha fatto buon viaggio?

MARIA   (freddamente). Sí, grazie.

GIORGIO   (a mezza voce, fra sé). Strano! Ella è stata con lui in Ancona; egli, invece, non si rammenta che di essere stato a Firenze.

GIULIA   (presentando). Mio fratello Giorgio, professore di Liceo...

GIORGIO   Ho tanto piacere di fare la sua conoscenza! Ne chieda a mia sorella. Contavo i giorni che mancavano al suo arrivo qui, perché per me è una vera fortuna che la casa di mia sorella divenga un po' artistica.

MARIA   Grazie del complimento, ma non posso accettarlo. Non rendo mica artistici i luoghi che tocco!

GIULIA   (a Maria). Bisogna sapere che mio fratello, oltre che professore, è artista e dotto. Si occupa di storia patria.

MARIA   Anche questo paese ha una storia?

TARELLI   (intervenendo). Ma che dici, Maria? Offendi i signori, e poi ti sbagli. Questo paese? Non è per di qua che sono passati i Romani?

GIORGIO   Questa è una colonia romana.

TARELLI   Naturalmente, Maria, ti sei dimenticata di presentarmi

MARIA   Mi pareva non occorresse. Mio zio, Giulio Tarelli.

TARELLI   (stringendo la mano a Giulia)... il quale accetta con gratitudine l'ospitalità che gli è stata tanto gentilmente offerta. (Poi ridendo ad Alberto). Veramente, peccato che a Bologna nessuno ci abbia presentati. Avremmo fatto molto piú gradevolmente il tratto fra Bologna e Firenze, poiché quello è il tratto che abbiamo percorso insieme.

MAINERI   Signorina, io debbo andarmene. Io sono legato alle mie lezioni...

MARIA   Incatenato, mi pare, addirittura. Rimanga soltanto un istante ancora che la presenti ai padroni di casa, poiché lei dovrà venire qui spesso per causa mia. Il professor Maineri che gentilmente si è offerto di accompagnarmi al piano nei due concerti che ho da dare qui.... Ha avuto la gentilezza di venirmi a ricevere alla stazione.

GIULIA   Ci sarei venuta anch'io, se mio marito non fosse stato ancora molto stanco del viaggio.

MARIA   (abbracciandola). Oh, non avevo mica l'intenzione di farti un rimprovero! Perché ridi?

GIULIA   Perché hai conservato quel tuo ooh maschile che in collegio ci piaceva tanto.

MARIA   Delle cattive qualità non ne ho perduta nessuna.

MAINERI   Col suo permesso io ritornerò qui domattina.

MARIA   E la ringrazio. Mi piace tanto di trovare al mio arrivo in una città, alla stazione, dei volti amici.

MAINERI   Non ha di che ringraziare. Due mesi fa ho assistito ad un suo concerto a Milano, e mi è nato in cuore il desiderio di sedere io una volta al pianoforte e accompagnare quel suo violino che da sé solo è una vera orchestra. Quasi quasi compio un voto. A domattina!

TARELLI   Scusi, signor professore Giorgio, (subito amichevolmente) Ella, quale professore di belle lettere, se bene ho udito, dovrebbe pur conoscere qualche critico musicale in questa città.

GIORGIO   No, affatto. Vivo a scuola e in casa, e con giornalisti non ebbi finora nulla da fare. È gente che a me non piace.

TARELLI   Peccato! Di solito sono i critici che vengono a cercare di noi, ma capisco che qui toccherà a noi di cercare loro. Le faccio del resto i miei complimenti se non conosce dei giornalisti. Anch'io, se potessi, farei a meno di loro. Canaglie! Però dico "peccato" per il caso nostro. Non conosce neppure nessuno che pratichi dei giornalisti? Eh! Già. Capisco. Non volendo aver che fare con giornalisti è bene tenersi lontano da chi li pratica.

CUPPI Son qua io! È proprio il momento di presentarmi. Critici musicali? Ma io li conosco tutti. Uno cioè, che però è l'unico. Valzini. Vado a chiamarlo.

ALBERTO   (ridendo). Ce n'eravamo dimenticati. Il signor Cuppi, amico degli artisti...

CUPPI La presentazione è completa. Non c'è piú nulla da dire sul mio conto. Amico degli artisti! Dalla Ristori alla grande riformatrice del teatro moderno, la Mara, di tutti... di tutte sono stato o sono amico.

TARELLI   Ha nominato solo gli artisti drammatici. Si dedicherà poi col medesimo zelo ai musicisti?

CUPPI Solo ai violinisti. Ho una passione speciale io pel violino, per il re degli istrumenti! Non amo i sonatori di piano e neppure il nostro pubblico li ama, a quanto ho potuto osservare. Ho già conquistato dei titoli di benemerenza per i violinisti. Il celebre Janson ch'è stato qui due mesi fa, mangiò, alloggiò e quasi quasi anche suonò col mio aiuto.

TARELLI   Janson è stato qui?

CUPPI Ma sí, non lo sapeva?

TARELLI   E quale successo si ebbe? (Piccola pausa.)

CUPPI Perché celarlo? Enorme. Molto grande. Per otto giorni la città non si occupò che di lui; il teatro era pieno zeppo e vi erano rappresentate tutte le classi sociali... o quasi. Janson era un ospite ricercato da tutte le famiglie della città. I poeti gl'indirizzavano versi, i giornalisti articoli di fondo. Partendo mi disse che avrebbe voluto essere nostro concittadino, naturalmente... se non fosse stato svedese.

TARELLI   Allora, poveri noi, nevvero?

CUPPI Oh, no. Al contrario, onorando Janson la città dimostrò quanto apprezzava il vero merito e saprà dimostrarlo anche per la signorina.

TARELLI   Valzini è molto reputato in città?

CUPPI Moltissimo. Si racconta che autori principali, come Verdi e Wagner, (pronunzia Wagner all'italiana) quel tedesco, leggano sempre le sue critiche...

TARELLI   (a mezza voce, con gesto espressivo). Scusi, in confidenza,... bisogna ungere?...

CUPPI Ah, no. Da noi non ne troverà di questo stampo. Valzini è ricco, ossia ha tutto il denaro di cui abbisogna. È gentile però ed una parola mia servirà a sufficienza. Ma denaro... denaro... ohibò!

TARELLI   Ho chiesto per la buona regola. Naturalmente che s'è ricco e stimato da Wagner (imita Cuppi) non si lascerà pagare.

CUPPI A rivederci. In mezz'ora o poco piú ritorno con Valzini.

GIORGIO   (congedandosi). Signorina, interverrò anch'io, se permette, alle prove di domani, quantunque io non sia molto musicale. Anzi, io, e con me parecchi scrittori moderni, siamo contrari alla musica. Tuttavia me ne interesso.

MARIA   Con tali premesse, certo, io non ci tengo molto ad essere onorata della sua presenza. Ad ogni modo, se verrà, suonerò lo stesso. (Giorgio via.)

GIULIA   Perché lo tratti cosí? Egli ti tratta con una deferenza che non puoi apprezzare, perché non sai com'egli tratti gli altri.

MARIA   (abbracciandola con effusione). Oh, se sapessi, quanto felice mi renda il sapermi trattata bene da te! Se lo vuoi, farò dei complimenti anche a tuo fratello, quantunque le persone antimusicali non mi piacciano.

GIULIA   Sai pure che non bisogna tener conto di tutto ciò che dicono i dotti.

TARELLI   Lasciamo qui queste valigie?

GIULIA   No. Le farò trasportare nella stanza a Lei destinata. Amelia!

TARELLI   Non si scomodi! Le posso portare io stesso. Dov'è la stanza?

GIULIA   Di qua. In fondo a questo corridoio. (Via.)

TARELLI   Mi dispiace incomodarla (La segue.)

SCENA QUINTA

ALBERTO e MARIA

Maria vuol seguire Tarelli

ALBERTO   Scusi, signorina Maria, una sola parola! Non è Maria ch'ella si chiama? Dolce nome! L'avessi conosciuta ieri!

MARIA   (ridendo). L'altr'ieri, cioè...

ALBERTO   L'altr'ieri o ieri fa lo stesso. Non è una bugia, è una distrazione. Avevo raccontato a mia moglie di aver lasciata Firenze l'altr'ieri. Mi dispiace di lasciarmi smentire.

MARIA   Rammento che mi aveva detto ch'era stata sua intenzione di lasciare Firenze l'altr'ieri. A sua moglie raccontò quindi la intenzione.

ALBERTO   Sí. La prima intenzione, perché la seconda, debbo confessarlo, era di rimanere a Firenze finché c'era lei, e poi di seguirla per otto o dieci giorni o magari per un mese.

MARIA   E Giulia?

ALBERTO   A mia moglie avrei scritto che gli affari mi trattenevano.

MARIA   Piuttosto che ritrovarla cosí, volentieri avrei rinunziato a vederla.

ALBERTO   Perché? Chi le dice ch'io sia un cattivo marito? Ne chieda a Giulia e le dirà che migliore non potrei essere. Il modello dei mariti.

MARIA   Dunque tanto peggio. Tradita ed ingannata.

ALBERTO   No. Né tradita né ingannata. Adesso io la conosco; so chi è: una grande artista e al tempo stesso una fanciulla onorata. Ma prima...

MARIA   (seria). Prima aveva potuto credere ch'io non fossi una fanciulla onorata?

ALBERTO   Mi scusi e non si adiri. Mi lasci parlare francamente, perché altrimenti non potremo intenderci.

MARIA   Non capisco quale bisogno ci sia d'intenderci...

ALBERTO   Vedrà. Grandissimo bisogno. O meglio sono io quello che sente tale bisogno. Via! Non sarà tanto buona da rendermi un lieve servigio, qual è quello di starmi ad ascoltare? Glielo chiedo quale marito di Giulia.

MARIA   Non è il titolo ch'ella potrebbe invocare, ma parli, mi rassegno.

ALBERTO   Non ha bisogno di rassegnarsi a nulla, perché mi farebbe un torto credendo ch'io avessi l'intenzione di offenderla. Sull'anima mia! Respingerei con indignazione un'idea che potesse essere meno rispettosa per lei. Non la penserei neppure. Si sente sicura? Posso parlare senz'altra preoccupazione che di esprimermi sinceramente e chiaramente? (Maria annuisce.) Ecco. Io non ho altro scopo che di provarle che la sua amica Giulia è piú felice di quanto ella sembra di credere. Per darle tale prova basterà dirle che anche quando corro dietro ad altre donne, in quel medesimo istante, quando sono intento a raggiungere il mio scopo e mi trovo in quello stato di esaltazione in cui ella, per mia disgrazia, mi vide, anche allora amo mia moglie appassionatamente e le darei in quel medesimo istante il bacio affettuoso di ogni sera.

MARIA   Beata Giulia, allora.

ALBERTO   Perché, vede, le altre donne, quelle cui corro dietro io, non sono le stesse donne. Che cosa può importare a Giulia di quei fuochi di paglia accesi da altre, di quei desideri che non somigliano per nulla affatto all'affetto che porto a lei?

MARIA   Ma che razza di gente credeva lei dunque di trovare in me e in mio zio?

ALBERTO   Non feci alcuna supposizione sul suo stato. Poteva essere quello di una donna ricca o di una grande artista; poteva essere la moglie di un banchiere o di un nobile; per me era indifferente. Le donne sono donne e l'esito della mia avventura non dipendeva da queste circostanze. Quello che a bella prima pensai e che mi diede la massima speranza fu ch'ella fosse la moglie di suo zio. (Maria ride.) Io vedeva in lei una di quelle brave mogli borghesi dal marito troppo vecchio e le quali per prudenza non lo tradiscono che quando sono in viaggio. E... in viaggio eravamo.

MARIA   Ma come l'è venuta l'idea ch'io fossi la moglie di mio zio?

ALBERTO   Mi auguravo che cosí fosse ed io vedo spesso le cose come desidero che sieno. Quando appresi d'essermi ingannato mi avvolsi nella mia pelliccia e mi affrettai a rimpatriare.

MARIA   Immediatamente. Aveva il timore di contrarre degli impegni troppo duri?

ALBERTO   No, ma temevo di perdere il mio tempo inutilmente, ciò che anche in istato di esaltazione, se posso, evito.

MARIA   (non molto lusingata). Ah, cosí. Assolutamente, allora, il suo proposito correndomi dietro era di passare meno peggio qualche giorno e niente piú?

ALBERTO   No, no. S'ella mi avesse trattato bene, molto bene, i miei affari si sarebbero tirati molto, ma molto in lungo. Mi si dice che la sua ambizione sia di venir considerata e trattata come un uomo. Sono certo che in questo riguardo non avrà da lagnarsi di me.

MARIA   E non me ne lagno, nemmeno. Di qualche altra cosa però vorrei lagnarmi. Ecco, non mi è dispiaciuto di sentirla parlare; ella parla bene di queste cose, e sono curiosa di sentirla parlare d'altro, di quello di cui parla a Giulia. Anzi, ne ho ritratto anche un altro piacere, cioè, la certezza di non venir mai piú disturbata da lei e di sentirmi piú sicura in casa sua.

ALBERTO   Certo certo. La mia simpatia è delle piú rispettose.

MARIA   Ma quello che assolutamente non so indovinare si è la ragione che la indusse a raccontarmi tutte queste belle cose che non avevo chiesto di conoscere.

ALBERTO   Non l'ha ancora capita? Mi meraviglio. Le ho detto, è vero, che prima di tutto mi premeva di provarle che la sua amica Giulia è una donna felice. Mi pare che su questo punto siamo d'accordo. Ora devo prevenirla che questa felicità scomparirebbe, se Giulia sapesse che oltre ad amarla moltissimo... io l'amo nel modo che le spiegai.

MARIA   (ridendo, ma con voce un po' stonata). Ma basta cosí, allora. Questo dunque era il nocciolo del frate grigio? Si tratta di non far capire a Giulia che nella noia del viaggio lei si è compiaciuta di guardare la sua umilissima serva; ma crede poi ch'io abbia avuto l'intenzione di vantarmene?

ALBERTO   No. Temevo soltanto che a tutta la faccenda ella avesse potuto dare tanto poca importanza da parlarne in un istante di buon umore come di un fatto che non concernesse né lei né Giulia. Ora, se, come purtroppo è vero, per lei io, le mie parole, le mie azioni sono cosí indifferenti, per Giulia la cosa è ben diversa. La mia casa è delle piú borghesi. Tutto vi è basato sulla cieca fede che portiamo l'una all'altro. La felicità di Giulia è formata dalla sua fede in me. Mi porta un affetto quasi esclusivo; cioè, fra me e Piero, diviso. Vuole un po' di bene anche a Giorgio, il fratello professore che ha conosciuto or ora, quel pedante,... il resto del mondo per Giulia non esiste. Ella è perciò tanto irragionevole da sembrarle naturale ch'io l'ami come essa ama me, cioè esclusivamente. Il primo dubbio potrebbe distruggere questo castello in aria e la mia e la sua felicità. È perciò che formalmente la prego di essere cauta. Avrei potuto, come lei stessa ebbe ad osservare, risparmiarmi la fatica di farle questa preghiera e affidarmi alla sua naturale discrezione, ma la cosa era troppo importante per lasciarla in balía del caso. Glielo assicuro. Basterebbe una sola parola detta scherzosamente per destare la diffidenza in Giulia, e capirà che se giungesse al punto di diffidare poco le costerebbe di procurarsi la certezza del mio tradimento.

MARIA   Diamine! Con le sue massime si esporrà continuamente a dei pericoli.

ALBERTO   Mi creda, meno spesso di quanto sembri! (Con qualche calore.) Oh me lo creda! Non basta mica ogni gonnella per farmi pericolare...

MARIA   (ridendo). Adesso ch'è sicuro della mia discrezione, pare che voglia ricominciare.

ALBERTO   Oh, no. Voglio essere un buon ospite e rispettoso; renderà felice Giulia che crederà che le mie gentilezze siano usate a lei per riguardo suo.

MARIA   Molto compito!

SCENA SESTA

CUPPI e DETTI

CUPPI (correndo). Valzini è qui. Verrà subito.

ALBERTO e MARIA. Chi è questo Valzini?

CUPPI Il critico, il giornalista ch'ero stato incaricato di far venire qui.

MARIA   Prego, signor Alberto, ne faccia avvisare mio zio.

ALBERTO   Vado io stesso.

CUPPI (stanco). Auff! Sono corso per arrivare prima di Valzini! Volevo avvisarla di certe particolarità, di certi fatti ch'è bene ch'ella conosca. Prima di tutto tenga presente che il nonno di

Valzini è stato un grande musicista, sí, abbastanza conosciuto. Per fargli piacere bisogna dirgli che lei lo conosce di fama, di nome. Anche suo padre ha scritto un'opera che è stata data a Milano, capisce! Poi bisognerà che io le indichi i nomi delle romanze, tutte per soprano, scritte dal nostro Valzini. Eccole: "L'usignolo sul mandorlo"... "Primavera campagnola"...

MARIA   (fin qui distratta lo interrompe bruscamente). È roba che a me non importa... Con permesso. (Via.)

CALA LA TELA

ATTO SECONDO

SCENA PRIMA

La stessa stanza.

ALBERTO, poi MARIA con TARELLI e dietro la scena GIULIA ed AMELIA

ALBERTO   (ha cappello e bastone; sembra diretto verso la porta di fondo, lentamente, e si ferma; vuole far credere che sta per uscire; ritorna sui suoi passi e rifà la stessa via).

TARELLI   Il signor Alberto! Guarda combinazione! È già il terzo giorno che c'incontriamo, sempre alla stessa ora e quando precisamente munito di cappello e di bastone sta per uscire.

ALBERTO   (un poco imbarazzato). Eh, sono molto metodico, io!

TARELLI   Ed è ciò che mi meraviglia, perché io non lo sono affatto. Esco dalla mia camera fra le otto e le dieci. Del resto non mi lamento, perché è sempre un piacere per me di vederla.

MARIA   Buon giorno, zio! Buon giorno! (Ad Alberto.)

ALBERTO   (dimenticando Tarelli completamente). Come sta, signorina? Ieri sera accusava male di testa...

MARIA   Sono ristabilita del tutto. Per quanto io sia corazzata, la freddezza di questo pubblico mi sconcertò alquanto.

ALBERTO   Vedrà che al secondo concerto questa freddezza sparirà. Glielo garantisco io. Oh, sarebbe un pubblico ben villano, se continuasse a contenersi cosí. Io di musica non me ne intendo affatto, ma mi pare che lei abbia suonato molto bene.

GIULIA   (dietro la scena). Amelia! Il padrone è già uscito?

AMELIA   Da piú di mezz'ora, signora.

ALBERTO   Devo andarmene disgraziatamente per un affare. Con permesso. (Stringe la mano a Maria.) Fra un'oretta sarò di ritorno. (Via.)

MARIA   Faccia il suo comodo.

SCENA SECONDA

TARELLI e MARIA

TARELLI   (guardando dietro ad Alberto). Povero diavolo! Pare non possa uscire da casa senza vedermi! Perché... Attende me, nevvero? (Ridendo a Maria.)

14

MARIA   (seccata). Attenda chi vuole...

TARELLI   Ma dunque, se neppure l'amore di questo negoziante lusinga il tuo amor proprio, perché ti contieni in modo da aizzarlo sempre piú?

MARIA   (meravigliata). Io?!

TARELLI   Ma sí. Proprio tu! Lo tratti ruvidamente. Non gli rispondi che a monosillabi ed anche questi poco gentili. C'è di che far perdere la testa anche alla persona meno disposta. Figurati poi costui non domanda di meglio!

MARIA   Davvero? Sarò cosí pericolosa? Già tu conosci il cuore umano, e se lo dici, dev'essere. D'ora innanzi vedrai come sarò gentile! Non ho mica l'intenzione di portar via il marito a Giulia!... Voglio colmarlo di gentilezze, acciocch'egli cessi di seccarmi.

TARELLI   Bada, non occorre mica esagerare adesso! Da qualche giorno però ti vedo molto seria, preoccupata. È forse l'insuccesso che ti duole o l'articolo sciocco che ti dedicò Valzini?

MARIA   Oh, chi ci pensa!

TARELLI   E allora sei innamorata.

MARIA   (stupefatta). Quale idea! (Poi.) Francamente non mi sento bene in questa casa. Ci ero venuta con le migliori intenzioni di questo mondo... Volevo passare con Giulia otto giorni di fanciullezza. Invece ella è seria, mummificata nella sua dignità matronale, una donna impossibile che non capisce niente all'infuori del suo bimbo e del suo adorato marito, della sua bella casa. Il professore mi secca con dotte dichiarazioni d'amore e dalla sua parte mi minaccia una formale richiesta di matrimonio (facendo atto di bastonare) che accoglierò, vedrai, con l'arco del violino. L'unico allegro sarebbe il piccolo Piero, quando lo lasciano giuocare in pace, ma è proprio lui che di me non ne vuol sapere. Ieri ero là per mettermi a giuocare con lui. Immediatamente egli cessò meravigliato e seccato.

TARELLI   Eppure con te mi paiono gentili.

MARIA   (molto contenta). Con te no? Ecco una buona ragione per abbandonare questa casa.

TARELLI   Oibò! Io non c'entro nelle decisioni che hai da prendere tu. Eppoi non mi maltrattano mica. Mi trattano soltanto alquanto superficialmente. Pare che si sieno rassegnati di fare la relazione dell'artista, ma non ancora quella dell'impresario. Non hanno torto, in fondo. Per questi borghesi io non sono altro che uno speculatore che per suo interesse t'induce a fare questa vita nomade.

MARIA   Povero zio!

TARELLI   Ma che povero! A chi può importare il parere di costoro? Io voglio che tu rimanga in questa casa, perché la buona fama borghese di cui gode è una buona reclame per te. Se finora in questa città non abbiamo potuto sentirne gli effetti, è colpa di troppi elementi contrari che vi abbiamo. Intanto, l'indifferenza assoluta per la musica. Non mi serví né di farti dir nevrotica, né di far raccontar da Valzini che soffrivi di un'affezione polmonare per cui pochissima vita ancora ti era concessa. È bene corazzata questa gente. Pochi vennero al concerto. Non ne compresero nulla e ne dissero male. Le tue note mi facevano pietà al vederle sprecate a quel modo.

MARIA   Dalla critica si capisce però che anche Valzini si è annoiato. Lui che ama tanto la musica!

TARELLI   Ha compreso meno degli altri. Si trovò obbligato a scriverne bene per rispetto ai critici che lo avevano preceduto e poi anche in riguardo nostro che lo avevamo trattato molto bene. È abile, però. Ha saputo far capire a tutti che il suo entusiasmo era preso a prestito. Non si espone mica al pericolo di perdere, e, cara mia, bisogna rassegnarsi a riconoscerlo. In questa città verrebbe considerato poco intelligente chiunque avesse il coraggio di dir bene di te. (Scherzosamente.) Già, per consolarti tu hai quel tuo signor Alberto...

MARIA   Bella consolazione! Non hai capito che vorrei abbandonare questa casa?

TARELLI   Incomincio a credere che diffidi di te, perché non vorrai darmi ad intendere che tale fuga sia meditata per un riguardo alla tua amica. Che male sarà, se il signor Galli si riscalderà ancora un poco e se la signora Galli diventerà dal canto suo un po' gelosa? Avremmo apportato nella loro sciocca vita borghese un po' di animazione.

MARIA   Dubito però che abbiano a serbarcene gratitudine.

SCENA TERZA

MAINERI e DETTI

MAINERI   Ho anticipato di un quarto d'ora pel timore di farla attendere; preferisco attendere io. Mi permette di baciarle le mani? Ambedue. Anche quella dell'arco.

MARIA   Entusiasta, dunque, l'unico?

MAINERI   È il mio vanto. Avendola compresa mi pare quasi che le sue note siano opera mia. Citano Janson! È altra cosa. Egli non possiede né il suo senso artistico né la sua esattezza: è un violinista straordinario e nulla piú. Ella invece è musicista, anzitutto musicista ed è perciò che il pianoforte s'inchina a lei.

TARELLI   Peccato che non ci sia qui uno stenografo per raccogliere queste parole e consegnarle ad un giornale.

MAINERI   Non servirebbe a nulla; quando i fatti, quando la musica stessa non serví...

TARELLI   Non serví? Ella, dunque, lo confessa? Crede che valga la pena di dare un altro concerto?

MAINERI   Anzi anzi, bisogna darlo. A me non basta il primo. Sarebbe una vigliaccheria di non darlo dopo di averlo annunciato. Che importa a lei l'applauso?

MARIA   Devo confessare che ci tengo un pochino. (Ridendo.) Avrei suonato tanto meglio, se ieri sera avessi ottenuto un applauso, almeno uno solo. (Con dolore.) Fu un fiasco assoluto.

MAINERI   Non assoluto. Posso però parlarle con franchezza, perché l'entusiasmo che le dimostrai mi salva dal pericolo di essere preso per poco rispettoso, e poi perché ella non è uno di quegli artisti cui occorra usare dei riguardi nell'apprezzare i loro successi. Ecco il fatto. Il nostro pubblico, un pubblico musicalmente poco colto, è abituato alla maniera di Janson e non vuol sentire altro. Per esso quello soltanto è il modo di suonare il violino. Il ricordo di Janson gli è tanto caro che quasi non vorrebbe sentire altri pezzi all'infuori di quelli uditi da lui. Son quelli i pezzi che si eseguiscono sul violino e non altri.

TARELLI   Se questa veramente è la disposizione del pubblico, a Maria non resta altro che abbandonare la lotta.

MAINERI   Perché? La lotta è bella, specialmente quando in essa non si arrischia nulla. Che cosa vi arrischia la signorina? Non certo la sua fama, perché la nostra città né dà né toglie fama. Specie a lei, signorina, alla dea della musica.

TARELLI   Sí, una dea. La sua bellezza la decantò anche il signor Valzini, il quale pare nato piuttosto a cronista che a critico musicale. Parlò unicamente della splendida figura e della magnifica toeletta.

MAINERI   Sono imbarazzi della vita del critico.

TARELLI   (con ira). Avrebbe potuto non essere imbarazzato, se fosse stato un buon critico!

MARIA   Ma, zio! Noi dobbiamo essere grati al signor Valzini che pur non essendo stato troppo soddisfatto del mio modo di suonare, volle dimostrarsi tale per favorirmi.

MAINERI   Ben detto, ben detto, signorina. Ella parla come suona. Infatti, quale altro merito avrebbe avuto egli, se non avesse avuto altro da fare che di sedersi al tavolo e notare il suo entusiasmo? Se l'articolo non dimostra molto entusiasmo, dimostra molta benevolenza. Specialmente la prima parte. La seconda (si leva di tasca un giornale e contemporaneamente anche Tarelli) è meno simpatica. "La signorina Tarelli regalò le Arie ungheresi, ma quello è un pezzo che bisogna lasciare a Janson."

TARELLI   Ho capito subito che in provincia quella frase bastava per annullare l'effetto di tutto l'articolo.

SCENA QUARTA

CUPPI e DETTI

CUPPI È permesso?

TARELLI   Il signor Cuppi. Avanti, avanti, si accomodi. Ella capita a proposito. Sa lei, dove abita il signor Valzini?

CUPPI Sí. Perché?

TARELLI   Devo andare a ringraziarlo per il simpatico articolo che dedicò a mia nipote.

MARIA   Ringrazialo anche da parte mia, zio, e digli che non ho potuto accompagnarti, perché proprio ora ho le prove.

TARELLI   Mi farebbe un favore, se venisse con me.

CUPPI Ben volentieri.

TARELLI   Vado a prendere il soprabito ed il cappello e sono con lei.

CUPPI (a Maria). Ella ha già deciso e proposto come passare la sera?

MARIA   Rimango in casa con la mia amica. Mi resta ancora poco da passare con lei.

CUPPI Cosí, di me, assolutamente non ha bisogno?

MARIA   Se le piace venga qui a tenerci compagnia. (A Maineri.) Ci mettiamo a queste prove?
Vado a prendere la musica. Dev'essere sul tavolo nella mia stanza. (Via.)

CUPPI Scusi, maestro, a lei è piaciuta molto la signorina quale violinista?

MAINERI   Moltissimo. Perché me lo chiede?

CUPPI Non chiedo piú nulla, io, ma... dirò sí... Ella è il primo che trovo entusiasta.

MAINERI   Davvero?

CUPPI Intanto, in quanto a me, parlo di me che non me ne intendo affatto, io mi sono annoiato
mortalmente; molto, ma molto.

MAINERI   E perché è qui a continuare ad annoiarsi quando nessuno ve la obbliga?

CUPPI Non mi annoio qui, io. Quantunque si tratti di una pessima violinista, cioè una violinista che
suona male il violino, la compagnia della signorina mi è piú cara di quella di tutto il resto della città.
Naturalmente non piú cara di quella di Janson. (Con passione.) Oh, se Janson ritornasse! A lui
potevo offrire oltre alla mia amicizia anche la mia ammirazione... sí... la mia approvazione cosicché
la relazione con un artista diviene subito piú bella... piú gradevole. Mentre qui... (Risoluto a
Maineri.) Scusi, maestro, ma io dubito del suo entusiasmo. Che diamine! Io sono... sí... una bestia...
una persona che di violino non capisce niente... ma infine è impossibile... difficile ch'ella capisca
qualche cosa di ciò che a me sembra... niente, cioè una stonatura senza sentimento. Eh, capisco.
Dubito che un pochino della sua ammirazione per la musica sia dovuta alla bella personcina della
signorina Maria. A forza di accompagnarla al pianoforte... naturalmente...

TARELLI   (rientra). Andiamo?

CUPPI Eccomi. E la signorina? (A Maria che rientra con la musica sotto il braccio.) Buon giorno,
signorina! (Le stringe la mano.) Approfitterò sicuramente del suo gentile invito per questa sera.

TARELLI   (a Maineri a bassa voce). Sa, io con Valzini sarò perfettamente cortese. Non creda
mica per quello che ha udito ch'io abbia l'intenzione di dimostrarmi offeso. Non ne vale la pena, e
anzi la prego di non riferire a nessuno le mie parole. Per essere del tutto sincero con lei, le dirò che
per avere la magra soddisfazione di mostrare il mio disappunto, non mi privo della speranza che
Valzini al secondo concerto non muti opinione. Come si chiama di nome, Valzini?

MAINERI   Venanzio.

TARELLI   Ebbene, Venanzio. Lo interpellerò sempre col nome di battesimo. "Signor Venanzio..." Peccato che non abbia un nome piú bello! Chissà se gli piacerà di venir chiamato con un tal nome!...

MAINERI   Cosí lo chiamano tutti.

TARELLI   Ci sarà dunque abituato. (Gli stringe la mano e via con Cuppi.)

MAINERI   (subito al pianoforte con la sua parte in mano). Il concerto di Beethoven. Proviamo soltanto quello?

MARIA   Sí. Non occorre altro.

MAINERI   Ho da suonare il preludio intiero? Solitamente quando non si dispone di un'orchestra lo si omette o non lo si eseguisce che a metà.

MARIA   (leva il violino dalla cassetta). Io desidero di udirlo intiero, altrimenti il concerto mi appare monco e disordinato. (Dolcemente.) Il preludio mi dà la disposizione occorrente per suonare. M'influisce perfino sulle dita, mi sento le falangi piú libere, piú volonterose. Attendo che tocchi a me con impazienza, quasi con curiosità, curiosità di udire quello che farò, come fosse la prima volta che avessi a suonarlo. Quel preludio mi pone immediatamente faccia a faccia con Beethoven. (Con asprezza.) Naturalmente che, se mentre lo suonano, ho dinanzi a me un pubblico distratto ed inquieto, ch'io vedo dall'alto come un raccolto di zucche vuote, allora invece di ascoltare il concerto mi metto a contare le zucche, meravigliato che il Creatore abbia commesso tanti errori.

MAINERI   Lei pensa al nostro pubblico?

MARIA   Oh, a lei e col violino in mano non voglio mentire. Il mio insuccesso, come lo chiamano qui, mi addolorò abbastanza. Non ho mai sofferto tanto ad un concerto, ed ho paura che il secondo sia ancor peggio. Come dice lo zio, dovrei essere superiore a queste cose. Ma come si fa a non alterarsi nel vedere la gente che mi circonda essere d'accordo col giudizio del pubblico, non solo, ma anche dubitare che in altri luoghi si sia potuto giudicare altrimenti sul mio conto. Lasciamo stare. (Accorda il violino.) Ella ha già eseguito questo concerto in pubblico?

MAINERI   Sí, con Janson.

MARIA   (ironicamente). Cosí? Il signor Janson si degnava di uscire una volta dalle sue arie ungheresi, russe, valacche e di eseguire Beethoven?

MAINERI   Sí; l'applauso del pubblico però era provocato unicamente alla cadenza del primo tempo, una cadenza brillante, composta, credo, da uno spagnuolo. Il pubblico non apprezzerà mai il concerto, e francamente, credo che nemmeno ora gli piacerà.

MARIA   V'era dunque la sua brava cadenza spagnuola? (Siede.) Suoni, la prego, come se non sapesse che presto deve sopraggiungere il violino a toglierle la prima parte.

SCENA QUINTA

GIULIA e DETTI

GIULIA   Buon giorno! Ah, son le prove! (A Maineri che si è alzato.) Non si disturbi. Se me lo permettete starò un pochino ad ascoltare.

MAINERI   Ma senza dubbio. Ella rappresenta per noi un elemento ch'è bene vi sia anche alle prove: il pubblico.

GIULIA   Peccato che non potrò rimanere a lungo, perché di là ho molto da fare.

MARIA   Cose di premura?

GIULIA   Non di premura, ma di regola. Bisogna lavorare ogni giorno, altrimenti in fine d'anno si trova d'aver perduto molto tempo.

MARIA   Mi pare di sentir parlare la nostra brava monaca. Te ne rammenti? (Imitando la voce della vecchia monaca.) "Bisogna lavorare tre volte tanto quanto si lavora! Soltanto cosí si può contare sulla pace dell'anima e del corpo."

GIULIA   Via, Maria! Non deridere quella santa donna! Io le devo tanto!

MARIA   (meravigliata). Davvero, cosa le devi?

GIULIA   Quale domanda! Si è affaticata per me... mi ha insegnato, mi ha voluto bene!

MARIA   A me, invece, ha dato tanto noia! Devi confessare che il suono della sua voce non era bello. (Imitando di nuovo la vecchia): "Signorina, lei è una zingara!". Ecco che hai evocato un ricordo poco gradevole! Incominci, signor Maineri! Giulia ci fa compagnia.

GIULIA   Sta bene, se mi permettete di portare qui il mio telaio...

MARIA   Perché no? Se vuoi puoi metterti persino a far quadri qui. Me non disturbi di certo. Già a te non basta di starmi ad ascoltare.

GIULIA   Starò ad ascoltare certamente. Ho un lavoro che soltanto qua e là esige attenzione... Di solito quando lavoro ripasso la lezione al mio figliuolo.

MARIA   Fai ancora piú di quanto quella santa donna consigliasse. Ella si sarebbe accontentata di un solo lavoro alla volta...

GIULIA   (che non le fa attenzione). Porterò con me Piero. Vedrai come starà quieto e attento! (Via.)

MAINERI   (con ironia). Questa sí ch'è una donna di casa perfetta!

MARIA   (ridendo). Si; ma c'è di peggio. Pare impossibile, ma è pur nata madre di famiglia. Me la rammento già in collegio cosí.

20

SCENA SESTA

ALBERTO e DETTI

MAINERI   (sempre seduto al pianoforte). Ecco il signor Alberto. Qui non ci mancherà il pubblico. Venga, venga, signor Alberto. Anche la signora Giulia ritorna subito.

ALBERTO   (ridendo). Anche mia moglie si dedica all'arte? Ma se disturba lo dica con tutta franchezza.

MARIA   Ma no. L'ho pregata io stessa di farci compagnia.

ALBERTO   Ho da scrivere delle lettere e vado nella mia stanza, ma se permettono lascierò aperte le porte. Cosí mi sarà piú facile di prestar attenzione. (A Maria a bassa voce in tono di complimento.) Sa benissimo che la sua vista mi distrae... (Si allontana e grida dalla sua stanza): Potete incominciare!

MARIA   Tutti vogliono starci a sentire in questa casa, ma nessuno rinunzia al suo lavoro.

MAINERI   Lei deve sentirsi molto male in questa casa...

MARIA   No. Per un poco questi borghesi mi servono di distrazione.

SCENA SETTIMA

GIULIA, PIERO, AMELIA che porta il telaio; poi GIORGIO

GIULIA   (con l'aiuto di Amelia dispone il telaio, e senza guardarla parla a Maria). Senti, Maria, perdonami, se mentre suoni, sto ad ascoltare la lezione di Piero. La leggerà molto a bassa voce. Deve studiarla e se non gli concedi il piacere di leggerla, non si decide mai piú a guardarla.

MARIA   Fa il comodo tuo. Si va di bene in meglio. Adesso ti senti già capace di badare a tre cose... Incominci, maestro!

GIORGIO   Si può star ad ascoltare della buona musica?

MAINERI   (mormora). Altro che buona!

GIORGIO   Non ne dubito! Non ho chiesto se sarà buona... soltanto se potrò ascoltarla...

GIULIA   Non disturbare, però. Siedi qui quieto accanto a me.

MARIA   Le sieda molto vicino, perché tiene lezione; e ciò, lo confessò lei stessa, le si confà meglio della mia musica. (Al ragazzo.) Su, Piero, incomincia!

PIERO Sí, se starete un poco zitti!

21

GIORGIO   Come va, Piero? Sei stato contento del regalo del babbo?

PIERO Ha fatto un viaggio tanto lungo che avrebbe potuto portare qualche cosa di meglio.

GIORGIO   Il ragionamento è buono. Va da sé che il dono deve stare in proporzione alla durata del viaggio. Io mi siederò là dall'altra parte, cosí che, contrariamente a quanto voleva la signorina, starò a sentire unicamente la musica. (Va a sedere a destra dello spettatore.)

MAINERI   (con un po' d'impazienza). Posso finalmente incominciare questo preludio?

GIORGIO   Ah, c'è un preludio! Che cosa suonate?

MAINERI   Il concerto di Beethoven.

GIORGIO   Lo conosco. Il preludio è un po' lungo. (Ritorna accanto a Piero.) Lo starò ad ascoltare da qui. (Maineri comincia a suonare il preludio.)

PIERO Come posso parlare con questo fracasso?

GIORGIO   Pròvati! Saremo indulgenti.

PIERO (legge una pagina a parte. Giorgio gli corregge spesso l'intonazione.) Ah, va da sé che con lo strepito che fa quel signore non posso declamare bene!...

MARIA   (cerca di stare attenta al piano, ma non le riesce. Si avvicina lentamente al gruppo di sinistra e dice a Giulia che lavora) Quale divertimento c'è nel disporre tanto filo sulla tela?

GIULIA   Mentre la mano lavora, il pensiero corre ad altre cose.

MARIA   Ed a quali, s'è lecito?

GIULIA   Tante e bellissime. Col suo movimento uniforme la mano accompagna, accarezza, quasi, un pensiero calmo e lieto. Quando alzo gli occhi, vedo accanto a me questa testa bruna (sorride accennando al figliuolo) e l'unico sforzo che devo fare si è di non alzarli troppo di spesso.

MARIA   E desideri, e aspetti cosí, senz'ansia, con la solita calma?

GIULIA   Non desidero, né aspetto. O meglio desidero che tutto ciò continui cosí e che ogni giorno mi sia dato di fare quello che faccio oggi e quello che feci ieri.

MARIA   Cioè disporre dell'altro filo sulla tela.

GIULIA   (già offesa). Non è il mio solo lavoro.

MARIA   E quali sono gli altri?

GIULIA   A te non lo dico. Non mi comprenderesti.

MARIA   Io credo di poter comprendere tutto.

GIULIA   No. Certe cose non si capiscono, se non si vivono. Non si tratta mica di ragionare, di calcolare; si tratta di sentire.

MARIA   Insomma, spiegati, e procurerò di capire. Sii buona, Giulia! Ti accerto che non ho la minima intenzione di deriderti.

GIULIA   Ma non è per questo timore che non voglio parlare. È che non saprei spiegarmi. Non sono mica da tanto da farti vivere la mia vita!

MAINERI   (dopo aver atteso per un istante). Tocca a lei, signorina.

MARIA   Ah, sí; Beethoven. No, maestro, non posso, adesso. Sia tanto buono, mi faccia il favore di ritornare alle quattro (Con calore.)

MAINERI   (mormora). Ha ragione.

GIULIA   Ma se disturbiamo possiamo andarcene.

MARIA   No, adesso non posso suonare piú. Ho perduto il momento. Sarebbe per me un supplizio di suonare tutta quella roba.

MAINERI   (rassegnato). Come desidera. Sa bene che per me sarebbe stata una vera festa "quella roba" come dice lei, sul suo violino. Vuol dire che sarà per dopopranzo. Arrivederci. (Via.)

MARIA   (ripone il violino e gli parla). E dormi bene, povero violino! (A Giulia.) Dunque, ritornando a noi... La tua felicità è tale che non la puoi neppur descrivere?

GIULIA   Questa è di nuovo ironia e su questo tono non possiamo intenderci. Perché, ti dispiace ch'io abbia detto di essere felice?

MARIA   Che mi sia dispiaciuto di sentirti dire felice? Oh, no. Ma non comprendo e mi sorprende. Ti dirò anche il perché, visto che a me è sempre facile di spiegare quello che penso e quello che sento. In questo luogo voialtri non potete crederlo, perché qui ho avuto un insuccesso, ma già alla mia età ho conosciuto delle gioje, dei piaceri, lo confesso, che neppure tu sai ch'esistano. Ho visto una capitale per giorni e giorni non occuparsi che di me, offrirmi tutte le soddisfazioni piccole e grandi che la vanità e l'ambizione umana possano chiedere. L'interesse era tale che, figurati! mi dissero persino bellissima, e piú ancora amabile e cortese, ciò che non sono. Dei principi pregarmi di onorare i loro salotti, persone fra le piú rispettabili ed eminenti d'Italia ambire la mia amicizia, la mia stima, cosa che mi faceva ridere, quando si calmava l'ambizione che in me ha tutto l'aspetto della febbre. Sorpresi degli sguardi d'invidia nelle persone piú fortunate, quando facevo vibrare con me, col mio violino migliaia di cuori. E tuttavia mai... mai, capisci? ho potuto dire quella tua frase: "Sono felice e voglio restare sempre cosí!". Ho detto e pensato: "Passi presto questa giornata e ne venga un'altra piú lieta e meno noiosa!".

GIORGIO   Strano!

MARIA   Strano, dice? Ma no. Questa è la vita, o almeno questa è la vita come la sentono le persone intelligenti. Ho goduto, sí, quando la musica passava nel mio cervello e dal cervello alle dita, senza resistenza. Allora l'orgoglio soddisfatto mi fa godere. Disprezzo gli altri miei simili che non sentono con me e godo. Però è una gioia che dura poco. Non so figurarmi uno stato di felicità per me. E per gli altri? Oh, francamente! Credo che mentano tutti coloro che dicono di essere felici.

GIORGIO   (parla da professore e Maria lo sta ad ascoltare con disprezzo). Oh, senta! Ho conosciuto un tale il quale diceva che gli alberi dovevano essere fatti di legno soltanto e senza foglie. D'estate andò in un bosco, ove, disse, non v'era alcun albero. Aveva ragione. Chissà cosa intende lei con la parola felicità. Se la vita che ci descrisse, non è felicità, allora la felicità non esiste.

GIULIA   No, non è questo. Sai, Maria cosa manca a te per essere felice? La famiglia. Noi donne siamo delle creature che non bastano a sé stesse, che non possono vivere a parte, solitarie e nomadi. A noi occorrono le nostre quattro mura e qualcuno cui sacrificarci. Il nostro mondo dev'essere piccolo, ma tale che sia tutto nostro. Piccolo, sí, in realtà, ma pur anche grande, poiché in esso dobbiamo trovare tutto quello che tu cercasti invano in quella vasta capitale che per alcuni giorni ti sembrò tutta tua. Il tuo violino? È un istrumento bellissimo, e farà passare qualche ora piacevole alla persona cui vorrai bene.

MARIA   Lo spezzerei in tal caso.

GIULIA   Non volli mica disprezzare la tua arte destinandola all'ufficio di rendere piú gradevole il soggiorno nella casa! Oh, perché non appresi anch'io un'arte acciocché mio marito, i miei figliuoli vi si possano beare!

MARIA   Un'arte non vive che a scopi maggiori.

GIULIA   È lo scopo massimo. Sai perché ti parlo con tanto coraggio? Ti vedo spesso da che sei qui, pensierosa, distratta; or ora confessasti di non essere felice. Qualche cosa a te manca, dunque, ed anelo ad aiutarti. Di poco, ma credo di essere piú giovane di te, eppure mi pare di sentirmi molto, ma molto piú vecchia. Io infatti so o credo di sapere. Non sento piú il bisogno di affannarmi a cercare. Ho la tranquillità della persona che sa tutto quello che ha da succedere, proprio da persona vecchia che nulla piú chiede. Tu sei una giovinetta, invece. Cerchi ancora, perché hai battuto una via che non fa per te.

GIORGIO   Ma, via, Giulia, vorresti ch'ella abbandonasse il suo violino, la sua arte per diventare una buona massaia! La signorina Maria parla cosí in un momento di malumore. Forse anche si sente meno felice del solito, perché in questa città le sono mancate le solite soddisfazioni.

MARIA   (con ironia evidente). Bravo, professore! Io e lei c'intendiamo perfettamente!

SCENA OTTAVA

ALBERTO e DETTI

ALBERTO   E questo concerto? Io ho finito e voi non avete neppur incominciato! Quando suonerete?

MARIA   Non piú per questa mattina.

ALBERTO   (confuso). Sarebbe il colmo della distrazione, se voi aveste suonato ed io non vi avessi udito!

MARIA   Non si confonda. Non abbiamo suonato affatto. Suoneremo dopopranzo.

ALBERTO   Peccato ch'io non potrò udirvi, perché al dopopranzo gli affari mi rubano tutto il mio tempo. Arrivederci da qui ad un'oretta, a pranzo. Oggi pranzo di gala a quanto sento. Ho inteso un certo odorino passando davanti alla cucina...

GIULIA   Alla una in punto. Non tardare, te ne prego!

ALBERTO   (bacia Piero. A Giulia). Non dubitare! Ha studiato?

GIULIA   No, ma studierà adesso.

ALBERTO   Dovreste attenervi a maggior regolarità. Ve l'ho raccomandato tante volte! Cosí avete perduto l'intera mattina.

PIERO Avevo da leggere a mamma la poesia che m'avevano dato da studiare. Cera però un fracasso qui...

MARIA   Sí, sí. La colpevole sono io. Con le mie prove ho impedito a Giulia di far studiare il signorino, il quale del resto ne dimostrava pochissima voglia. Nella vita di un bambino la giornata ha poca importanza. Se non ha studiato oggi studierà domani, la prossima settimana o il prossimo mese...

ALBERTO   Si capisce che di pedagogia lei non si è mai occupata. Io desidero che col mio figliuolo venga già adesso adottato un energico sistema.

MARIA   Mi scusi, dunque, perché di cosí grave mancanza son io la causa.

ALBERTO   Mi scusi lei, anzi. Non avevo mica l'intenzione di farle un rimprovero. Si figuri!

MARIA   (ironicamente). Non si scusi, perché son troppo lieta di aver potuto accertare quanto lei sia un buon marito e la mia amica una donna felice.

ALBERTO   (ridendo e mettendo una mano sotto al mento di Giulia). Ne dubitava, eh? (S'avvia.) Con permesso. Bada, Piero, di non riposare dopopranzo delle fatiche che hai avuto questa mattina! (Via.)

MARIA   Strano! Strano! Cosí non me lo sarei figurato.

GIULIA   Ma perché, Maria?

MARIA   Un padre di famiglia cosí buono, attento, amoroso...

GIULIA   Cosí si è incaricato egli stesso di spiegarti la mia felicità.

MARIA   Diamine! Capisco che ora le tue parole dovrebbero essermi chiare, ma... vorrei dire una bella bestemmia toscana... La rimando in gola, perché ti scandalizzerebbe. (Ride.) Eppure mi darebbe uno sfogo e non avrei bisogno di dire altro.

GIULIA   Non capisco.

MARIA   (scoppiando). Ecco. Se a me toccasse di essere, ammettiamo, la manutengola di un ladro e di vedere che questo ladro la sapesse dare ad intendere in modo che tutti lo avessero a ritenere l'uomo piú onesto della terra, non saprei trattenermi dal gridare: "Ladro! ladro!" anche a costo ch'egli mi risponda: "E tu manutengola!". Non essendo poi sua manutengola, come potrei tacere?

GIULIA   (con violenza). Non lo sei? non lo sei?

MARIA   No. Figurati! Io con un borghese commerciante.

GIULIA   Basta. (Molto commossa.) Mi lascio traviare anch'io! Sembra che tu Maria, abbia perduto il senno... Non capisco e non voglio capire...

MARIA   Lascia (ridendo, contenta) che ti racconti tutto. È cosa innocentissima... e forse, sembrerà tale anche a te.

GIULIA   No, basta! Dinanzi al mio figliuolo, almeno, trattieni... la tua fantasia di artista! Quello che vuoi dirmi son cose che, se anche vere, non vanno dette a me, non in questa casa.

MARIA   L'abbandonerò, perché io ho l'abitudine della franchezza.

GIULIA   (dopo un brevissimo istante di esitazione). Oh, via, farai quello che a te piacerà. Vieni, Piero.

PIERO Che cosa ti ha fatto?

GIULIA   Vieni, vieni. (Via col figliuolo.)

          Pausa.

GIORGIO   (accorato). Come, lei conosceva già mio cognato? Oh, ciò mi dispiace, signorina Maria. Ed io che l'ho sempre considerata come l'immagine stessa della sincerità! Lei avere dei segreti con mio cognato! (Rimproverando.)

MARIA   Professore, ha ragione. Il mio torto è stato di non averne parlato subito... l'unico mio torto.

GIORGIO   Oh, mi dispiace tanto, signorina! Capisco. L'unico colpevole è mio cognato...

MARIA   La ringrazio ch'è tanto buono di crederlo. Io neppur conoscevo suo cognato... Sapevo unicamente di piacergli. Mi perseguitò per tre giorni prima a Bologna, poi a Firenze ed in fine a Venezia. Ecco tutto.

GIORGIO   (con qualche ansietà.) E adesso, adesso?

MARIA   Oh, bah! Qualche occhiatina, qualche parolina piú che cortese e nient'altro. Può, tranquillizzare sua sorella. Io abbandonerò questa casa subito, oggi stesso. Ma intanto dica a sua sorella che vorrei fare la pace per evitare scandali. Già, infine, che cosa le ho fatto?

GIORGIO   Certamente farò del mio meglio per farle fare la pace con mia sorella. Non creda assolutamente che vi sia bisogno di abbandonare questa casa. Ed io lo saprò impedire. È su mio cognato che deve riversarsi tutta la nostra collera.

MARIA   Davvero? Crede che Giulia gli terrà il broncio?

GIORGIO   Il broncio soltanto? E non le pare che abbia ragione. Ma di ciò piú tardi. Desidero anzitutto che si riconcili con mia sorella. Non indovina, perché vi do tanto peso? No... no?

MARIA   No, davvero.

GIORGIO   Allora non glielo dico, non glielo dico ancora... Insomma, entro oggi o domani... sentirà... Vado da Giulia... (Via.)

MARIA   (pensa un poco, poi capisce ed alza le spalle).

SCENA NONA

TARELLI e MARIA

TARELLI   Che hai?

MARIA   Oh, zio, peccato che non sei venuto qualche istante prima! Mi avresti impedito di fare una sciocchezza.

TARELLI   Quale? Hai gettato fuori di casa Maineri, perché ha sbagliato qualche nota?

MARIA   Peggio, molto peggio. Mi son fatta licenziare da questa casa.

TARELLI   Come sei giunta a tanto?

MARIA   Ho raccontato a Giulia che suo marito era innamorato di me.

TARELLI   (stupefatto). Davvero?!

MARIA   Ma sí davvero.

TARELLI   Ah, è uno scherzo, non ci credo.

MARIA   Cosí inaudita è la mia azione da sorprendere persino te?

TARELLI   (serio). Inaudita! La parola è precisa. Ma perché? Scherzando, forse, per leggerezza?

MARIA   No, con la massima serietà di questo mondo. Ella voleva farsi invidiare da me. Diceva che io non poteva essere interamente felice, perché non possedevo la stessa felicità di cui essa gode... Allora non ho saputo piú trattenermi. Egli venne, parlò seriamente...

TARELLI   Chi egli?

MARIA   Il signor Alberto.

TARELLI   Ah, cosí. "Egli" è il signor Alberto...

MARIA   (di nuovo esitante). Sí. (Poi.) Si comportò come fosse il miglior marito di questo mondo e Giulia mi guardava ironicamente. Mi dispiace, sai, oh, mi dispiace tanto! Anche verso il signor Alberto ho mancato, perché avevo promesso, espressamente, di non far parola del suo affetto... del suo capriccio per me. Non ti pare che potrei andare da Giulia a dirle che ho mentito, che in quanto le ho detto non c'è una parola di vero? No; questo no. Oh, zio, andiamo via subito da questa casa, da questa città! Lasciamo ch'essi sbrighino le loro faccende come possono... Cosí non si riparerebbe a tutto? (Piangendo gli getta le braccia al collo.) Oh, zio mio, sono tanto disgraziata!

TARELLI   (accarezzandola commosso). Cosí fai sempre quando vuoi farti perdonare qualche scappata... Povera zingara!

MARIA   Oh, zio, questa volta non mi capisci neppure tu! E come potrebbe essere altrimenti? Non mi capisco neppure io stessa...

TARELLI   Attenta, Maria! Ecco la signora Giulia. Almeno adesso procura di contenerti bene!

SCENA DECIMA

GIULIA e DETTI

GIULIA   (molto seria). Senti, Maria. Giorgio mi ha detto che tu hai l'intenzione di abbandonare la mia casa prima dell'epoca stabilita. Perché?

TARELLI   Mia nipote l'ha detto soltanto, perché oggi abbiamo ricevuto un dispaccio che c'invitava di recarci a Genova. Ella non sapeva ancora che avevo già rifiutato.

GIULIA   Ah, cosí! (A Maria.) Sai che finché resti in questa città, hai il dovere di approfittare di questa casa. Non siamo forse vecchie amiche? Una parola detta in fretta si dimentica facilmente. Io l'ho già dimenticata... (Freddamente.) E tu?

MARIA   (freddamente). Anch'io. (S'avvicina a Giulia.) Rimango, dunque. (Le porge la mano, poi si pente non vedendo subito pronta quella di Giulia, la quale ritira pure la sua.)

GIULIA   Grazie. Vado ancora a dare alcune disposizioni per il pranzo. (Via.)

TARELLI   Qui sarebbe stato a posto un piccolo segno affettuoso che avrebbe fatto piú bene di tutte le spiegazioni. Perché non le hai stretto la mano?

MARIA   Aveva già ritirato la sua. Oh, se crede ch'io abbia un tale bisogno di venir perdonata, s'inganna! Del resto si vede che non saprebbe perdonarmi. (Contenta.) L'ho toccata in un punto debole. Giulia si contiene cosí, per quel grande rispetto che tutte le donne borghesi portano alle convenienze. L'avrei amata di piú, se mi avesse graffiata.

TARELLI   Vedi, Maria, comincio anch'io a desiderare che si parta al piú presto. Non sono piú tranquillo.

MARIA   Non capisco io, adesso.

TARELLI   Oh, vorrei che non mi comprendessi! Se avessi la certezza che non puoi comprendermi, sarei subito tranquillo di nuovo. Come vuoi che non dubiti di te, vedendo che hai provato il bisogno di vantarti della corte che ti ha fatto quel signor Alberto e che ancora adesso ti compiaci di aver offesa, ferita la tua amica d'infanzia? Non dirmi nulla; non negare, non scusarti. Non sono mica un ragazzo da non capire che la più sciocca azione che si possa fare in tali frangenti si è di seccare, di far parlare continuamente il malato della propria malattia. Non una parola sull'argomento. Andrò ora dalla signora Giulia per cercare di disporla un po' meglio in tuo favore, e nei pochi giorni che rimarremo ancora qui, non si parli più di questa avventura. (Si avvia. Poi.) Sono stato da Valzini. Daremo anche il secondo concerto. Ma ho perduto del tutto la speranza che il pubblico ti diventi favorevole. Basta comprendere ciò che ne pensa Valzini; non che abbia chiesto dei consigli a quell'imbecille, ma la sua opinione mi dà una chiara idea dell'opinione prevalente in paese. Figurati che sono andato da lui per fargli i miei ringraziamenti con tutta serietà, quasi gli fossi realmente debitore di riconoscenza, e mi attendevo di sorprenderlo, di confonderlo; invece, invece i miei ringraziamenti furono accolti con la medesima serietà con cui furon fatti, con la differenza che la serietà di Valzini non era simulata. Ritiene assolutamente di meritare gratitudine, e di aver scritto di te molto, ma molto meglio di quanto meriti.

MARIA   (che non è stata ad ascoltare). E... se vedo il signor Alberto, devo informarlo della indiscrezione commessa con Giulia?

TARELLI   (in tono di rimprovero). Ah, sei ancora là col pensiero?

MARIA   (confusa). Che mi dicevi?

TARELLI   Niente, niente... Se vedi il signor Alberto, comportati come se nulla di nuovo fosse avvenuto. Come hai detto tu stessa, lasciamoli sbrigare i loro affari da soli. Per liberarti da quella inquietudine che ti vedo ancora in volto, vado dalla signora Giulia, e cercherò di farvi fare la pace oggi stesso. Attendimi qui. (Via.)

SCENA UNDICESIMA

ALBERTO e MARIA

ALBERTO   Signorina Maria!

MARIA   (che non lo ha visto, improvvisamente imbarazzata). Oh, lei!

ALBERTO   (lietamente). Oh, finalmente! Una volta ch'io la veda sola! Tra la mia e la sua famiglia, tra gli artisti ed i critici non c'è mai caso di scambiare con lei una parola! (Ridendo.) C'è poi quel mio signor cognato che sembra cucito alle sue gonne. Che voglia finire in un matrimonio?

MARIA   (seriamente). Oh, come può crederlo?

ALBERTO   Non occorre dirmelo tanto seriamente! Io non l'ho mai creduto. Volevo dire soltanto che si stava meglio quando si stava peggio. Cioè si stava meglio a Firenze, a Bologna, a Venezia se pur non ci conoscevamo. Mi perdoni lo scherzo. (Subito più serio.) Se ne accorge anche lei che non sono né tranquillo né lieto. So di non esser capace di fare delle dichiarazioni troppo gentili. Le donne che, all'infuori di mia moglie, ho conosciute, non mi hanno dato quest'abitudine. Sono pochi giorni da che lei è qui, e mi pare un anno, perché, con tutta franchezza, non vedo l'ora che se ne vada.

MARIA   (che fin qui sarà stata ad ascoltare con evidente compiacimento). Oh, sarà presto soddisfatto.

ALBERTO   Oh, mi permetta che glielo spieghi. Si ricorda di ciò che le dissi al suo arrivo? Sembrava, e lo credeva io stesso, che lei non era com'io la riteneva, io dovessi ritornare prontamente ai miei doveri di marito e dimenticare tutto il resto. Non le avevo detto ch'io sarei capace di soffocare in me ogni altro sentimento pur di non turbare la mia felicità domestica? Ebbene, ora diffido di me stesso. Alle volte quando mi metto a riflettere, ma che riflettere! quando mi abbandono senza ritegno alla mia passione ed esco così dalla monotonia macchinale della mia vita, dal freno che impongo al mio contegno verso di lei, verso mia moglie, dall'abitudine per cui faccio quel dato gesto, dico quella certa parola... che non penso piú e che non approvo... allora... (Timidamente.)

MARIA   (incoraggiante). Allora...

ALBERTO   (sorpreso, poi). Penso allora che se fossi un altr'uomo, meno metodico, meno preoccupato dall'idea del futuro, quel futuro che finisce sempre coll'ammazzare il presente, dovrei dare un'alzata di spalle tale da liberarmi da tutto quanto mi inceppa, m'impedisce la felicità e... e correre precisamente dietro a questa felicità.

MARIA   Ma posso credere che parlando di questa felicità cosí grande che la indurrebbe ad abbandonare ogni altra, lei... pensi a me, una donna che nemmeno è capace di render gelosa sua moglie?

ALBERTO   Oh, non mi rammenti quelle frasi disgraziate di cui ora non approvo una sola parola. Basterebbe un suo cenno per farmi cadere ai suoi piedi anche in presenza di mia moglie.

MARIA   (sottovoce indagando in se stessa). Mi par di sentirmi piú sollevata.

ALBERTO   Che dice? (Le prende una mano.)

MARIA   (svincolandosi con energia). Mi lasci! (Freddamente.) Sono al caso di porla immediatamente alla prova. Senta, poco fa ho messo a parte sua moglie delle assiduità di cui mi onora.

ALBERTO   Ah, no, lei scherza...

MARIA   (seria). Sull'anima mia! Ho raccontato a sua moglie che lei è innamorato di me, ad ogni modo ho voluto farglielo credere, che sia vero o no.

ALBERTO   (mortificato). Davvero?

MARIA   (avviandosi tristemente verso l'uscita). La prova è fatta.

ALBERTO   (dopo una breve esitazione). No, Maria, rimanga, non mi lasci cosí dopo avermi fatto tanto male!

MARIA   Le ho fatto del male? Lo riconosce?

ALBERTO   Lei forse ancora non sa quanto. Mi ascolti! Io non amavo mia moglie, è vero, ma il rispetto che le portavo, e piú ancora il sapermi tanto amato da lei, rispettato, venerato addirittura come un essere perfetto, m'induceva a fare tutti gli sforzi possibili per continuare ad apparirle meritevole del suo affetto. Ora, invece! Oh, certo. Quanto piú comprenderà d'essere stata cieca finora, tanto piú grande sarà la sua disillusione. Mi disprezzerà.

MARIA   (di nuovo per uscire). Sta bene. La prova è fatta. (Sulla soglia si ferma.) Perdoni il male che le ho fatto. Da qui a poco, già, quando sarò lontana, si rappattumeranno e il male sarà stato minore di quanto ora le sembra. (Alberto accenna di no.) No? Ebbene, deve riconoscerlo. Questo male se lo sarà meritato. Ricorda ciò che le dissi, quando per la prima volta mi diede quelle spiegazioni che poi volle ripetermi a sazietà? "Ma per chi mi prende?" le chiesi. Le ripeto oggi la stessa domanda: "Per chi mi prende?". Io potrei non essere una fanciulla onorata nel senso borghese della parola, e ascoltare le sue dichiarazioni pur sapendo che facendomele si rende colpevole verso la famiglia, verso la legge. Ma dopo quanto m'ha detto, esse significano crudamente: "Vorrei passare con te qualche giorno. Assecondami!..." ed ascoltarla... io! Oh, via! Per chi mi prende? Poco fa ero già pentita del mio agire, ma ora lo trovo giustificato e ne ho piacere. Tanto! (Molto commossa.)

ALBERTO   (sorpreso, dopo un momento di sospensione). Mi perdoni! So di averla offesa. Darei la mia vita per asciugare quella lagrima!

MARIA   Ebbene! Se vuole farò tuttavia uno sforzo e andrò a dire a Giulia che ho mentito. (Vicinissima a lui.) Rinunzio anche al piacere di essermi vendicata delle sue offese. Vedrà che riuscirò a farmi credere. (Alberto accenna di no, che non lo crede.) Le dirò ch'è stata una mia fantasia di artista... Chissà cosa ella si figura per fantasia di artista!

ALBERTO   Non vada, Maria! (Attirandola a sé e guardandosi attorno con paura.) Io preferisco il suo amore...

MARIA   (svincolandosi). Mi lasci! Lo sappia! Io non amerò mai un uomo che non sia libero o che per me non si sia reso libero.

ALBERTO   Oh, Maria! Io non posso abbandonare il mio figliuolo!

MARIA   (ironicamente). Ecco. È giusto. Il suo figliuolo! Non ci avevo pensato! Ebbene! Allora stia lontano da me! Ascolti! Nella mia vita attiva io non ho molto sognato l'amore, ma non lo ignoro tanto da non comprendere che quello che mi offre non è amore.

ALBERTO   (con forza). È amore. Se non è amore un sentimento per cui forse vedrò rovinare la mia vita, la mia felicità, allora...

MARIA   Non è amore, finché lei sa che la sua felicità non è affatto compromessa. Di parole non mi accontento, io!

ALBERTO   (con piú forza). È amore. Lo sento forse per la prima volta in vita mia. È un misto di rispetto e di desiderio che mi confonde. Lei sa, glielo ho già detto. Nella mia vita sono passate parecchie figure di donna. La sua... Ah, come si distingue da tutte le altre! Non posso neppure concepire l'idea che ben presto debba rimanere privo di lei! (Con fuoco.) Lei calcola, lei ragiona... Io sento solamente, e se mi oppongo, se resisto, è invano... Io l'amo! Lei non mi ama!

MARIA   (pacatamente). S'inganna. Ascolti! io l'amo. (Alberto si avvicina.) Mi lasci! Non so, non arrivo a comprendere la ragione di questo amore. Che una fanciulla come sono io giunga a confessarlo è tale prova di amore, quale non mi ebbi da lei finora. Lo so da poco; lo compresi dalla collera che mi assalse un'ora fa nel vedere quante cure lei prodigava a Giulia... in mia presenza. Ma pur amando, io riconosco, purtroppo, che mai una donna fu piú volgarmente desiderata. Sappia perciò che questa è la prima e l'ultima volta che sente da me una simile confessione. D'ora in poi sul mio volto non vedrà che indifferenza. È tanto ingiusto il sentimento che provo che mi sarà facile ben presto di soffocarlo e di sostituirlo con l'indifferenza anche nel cuore.

ALBERTO   Ma che vuole che faccia? Mi comandi!

MARIA   (in collera). A me lo chiede? Io le ripeto che il suo modo di amarmi, che le sue parole mi offendono. (Ironicamente.) Vuole amarmi fra le pareti domestiche ed allo stesso tempo tener delle prediche a sua moglie sul modo di allevare il figliuolo...

ALBERTO   Oh, Maria! Se veramente mi amasse, parlerebbe altrimenti! Non merito tanta ironia!

MARIA   Me lo dimostri!... Vogliamo... fuggire insieme? Vuole abbandonare tutto per me?... No! (Pausa.) E allora mi lasci in pace e attenda alla sua famiglia.

ALBERTO   (confuso). Non ho detto di no...

MARIA   (avviandosi). Ma neppure di sí, mi pare...

ALBERTO   Fra noi due... chi ha maggior esperienza per l'età (esitante, cercando le parole)... sono io. Lasci, quindi, ch'io... veda il bene di tutti e due.

MARIA   (ironicamente).... di tutti e due?

ALBERTO   Di tutti e due, sí. (Deciso.) Può esservi dubbio che per egoismo io rifiuti la felicità che mi offre? Io sono un uomo in età, ed una giovinetta bella, divina, che amo mi offre il suo amore. Può esservi dubbio che per egoismo rifiuti? Impossibile! Dunque... Ma potrà una tanto cara creatura accontentarsi della vita modesta che potrò offrirle? Ci ha pensato? Abituata com'è alla vita di artista, alle soddisfazioni dell'amor proprio, della vanità, dell'ambizione...

MARIA   (sorridendo). Oh, sí. All'arte chi ci pensa piú? Desidero anzi di condurre una vita tutta diversa da quella menata fin qui...

ALBERTO   Sarà una vita, naturalmente, molto modesta. La mia proprietà appartiene, ben inteso, a Giulia ed a mio figlio. (Maria assente.) Bisognerà vivere in qualche cantuccio della terra, molto lontano da qui... in una casa un po' meno ricca di questa.

MARIA   (con entusiasmo). Piccola e povera, ma nostra. La felicità mite e quieta di gente modesta...

ALBERTO   Oh, sei divinamente bella cosí! Maria! (L'abbraccia, con violenza.) Un bacio! Maria!... Un solo bacio!

MARIA   (difendendosi debolmente). No, no... Laggiú nella nostra casa... Ivi sarò tutta tua!...

ALBERTO   (la bacia lungamente). Come pegno...

MARIA   Via! Alberto...

SCENA DODICESIMA

GIORGIO e DETTI

GIORGIO   (dà un grido). Ah!

MARIA   (si svincola e si allontana lentamente).

ALBERTO   Oh, Giorgio!

GIORGIO   (ironicamente). Scusino l'incomodo!... (Via.)

MARIA   Non c'è dubbio. Quello lí è corso a raccontarlo a Giulia. Mi dispiace per lei, per le scene che ne deriveranno...

ALBERTO   (smaniando). Oh, sí. Anche a me dispiace per questo... (Grida.) Giorgio! (Va alla porta.) Giorgio!

MARIA   (osservandolo). Ecco che l'entusiasmo è caduto e ben presto. Badi ch'è sempre libero! Badi!... Vedrà che riuscirà facilmente a calmare Giulia, anche se il professore ci ha già denunziati.

ALBERTO   Oh, non è questo che m'importa! È lo scandalo! È Giulia. Per piacere, Maria, mi lasci solo con mia moglie! Non vorrei che fra voi due vi fosse uno scambio di parole troppo dure. (L'accompagna alla porta. Ravvedendosi le bacia una mano prima di lasciarla.)

Maria via. Entra Giulia.

GIULIA   E Maria?... È fuggita?

ALBERTO   Non scene, Giulia, te ne prego!

GIULIA   Chi ti dice che ne voglia fare? Maria avrebbe potuto rimanere... L'avrei pregata pulitamente di andare a far all'amore con te fuori di casa mia. Gliel'ho già detto... (Grida.) Non voglio che insozzi questa casa! (Piú calma.) No, no. Voglio mostrarti che sono calma e che quanto ancora ho da dirti, non è ispirato dall'ira. Che Maria rimanga. Può rimanere per questo poco di tempo. Già so che tu saprai contenerti. Però, in ogni caso, sappi che... ti farò sorvegliare... da tuo figlio. Cosí su questo riguardo sono tranquilla. Ti pare?

ALBERTO   Ma Giulia, credi! Non è cosa sí grave che meriti il tuo risentimento!...

GIULIA   Niente bugie, te ne prego! Posso disprezzare Maria, ritenere che sia stata fatta com'è dall'arte sua, non una ganza volgare, insomma, ma una donna passionale, trascinata dalle tue persuasioni, dal tuo amore. Non si tratta di una inclinazione ideale, di quelle che... una donna per bene saprebbe celare e combattere, né di una tresca futile che una donna onesta può scusare e fingere d'ignorare. Si tratta di una concatenazione di ambedue i casi, e a me non resta che piegare la testa (con un singhiozzo represso)... vinta. Non mi sento abbassata affatto e nel mio dolore non vi è traccia di vanità e di amor proprio offeso. E perciò che non tollero piú proteste, perché non so che farmene. Da poco tempo so di essere stata tradita in modo sí grave, però mi è abbisognato ben poco tempo per decidere la via da seguire. Rimango in questa casa per mio figlio, (vinta dalla commozione parla piú rapidamente) vivremo l'uno accanto all'altro come due fratelli... due fratelli che non si amano. (Si avvia.)

33

ALBERTO   (vuole fermarla). Giulia!

GIULIA   (calmissima). Di questo argomento, basta! Già non potresti dirmi nulla ch'io non sappia, a meno che non fossero delle bugie. Dunque, basta! (Via.)

ALBERTO   (si cela il volto e cade seduto).

AMELIA   Signore, la padrona l'avverte che il pranzo è in tavola.

CALA LA TELA

ATTO TERZO

SCENA PRIMA

TARELLI e MARIA

MARIA   (sta gettando della biancheria in una cassa e canta). "Ed io lieto me ne vado al reggimento... ".

TARELLI   (infastidito). Te ne prego, non cantare! La tua voce e la tua gioia mi ricordano quella di uno stupido animale... che non voglio precisare.

MARIA   Grazie.

TARELLI   Tanta gioia dopo l'insuccesso di ieri. Sta bene non curarsi di questi cretini, ma in un'artista dovrebbe pur esserci un po' di dolore dopo un insuccesso.

MARIA   E se nel mio cuore non c'è questo dolore, che farci? Il mio non sarà un cuore di artista...

TARELLI   Oh, questa frase in bocca tua mi addolora anche piú del tuo canto e della tua falsa gioia. Hai suonato tanto male ieri sera che in luogo dell'archetto pareva tu maneggiassi una scopa. Quell'adagio poi! Ne accelerasti il tempo a tal segno! Non era un adagio quello! Era un cavallo ansioso di giungere alla sua stalla.

MARIA   (allegramente). Davvero? Cosí ad un tratto, ora suono tanto male?

TARELLI   Con trascuratezza. Lo riconobbe persino Maineri, il buon Maineri che di solito s'inginocchia davanti ad ogni tua nota. "Ha poca voglia questa sera" mi disse. Per me era troppo indulgente. Io ero là là per dare il segnale dei fischi. Oh, peggio ancora! Ti avrei bastonata! Pochi momenti prima il professore mi viene a dire di averti vista abbracciata al signor Alberto! Non credo che siano stati i miei rimproveri ad impedirti di suonar bene. Temo tu abbia qualche altra preoccupazione. Oh, Maria! È la prima volta, questa, in vita mia che anelo proprio di allontanarmi da un luogo! Chi me lo avrebbe mai detto che sarei fuggito in questo modo da una innocua e ridicola casa borghese come questa!

MARIA   Povero zio mio!

TARELLI   E attendo ancor sempre le spiegazioni promesse... per calmare la mia collera... Avevi da darmele al piú tardi entro la mattina? Hai cambiato parere?

MARIA   No zio. Mi permetti, però, di dartele... in iscritto?

TARELLI   Perché in iscritto?

MARIA   Perché... scrivendo si arrossisce meno.

TARELLI   (minaccioso). Ah, hai dunque da arrossire? Anche tu?

MARIA   Sai che arrossisco facilmente. Dici anch'io! Anzi, francamente, se qualcuno ha da arrossire sono io solo quella. Egli, poveretto, è del tutto innocente. Mi prometti di non dirgli manco

35

una parola di rimprovero?

TARELLI   Me lo hai già fatto promettere.

MARIA   (che fin qui avrà sempre lavorato intorno al baule). Intanto io ho terminato i miei preparativi per la partenza. È la prima volta che faccio questo lavoro da sola e non lo trovo mica noioso! Ho pregato Amelia di occuparsi dei tuoi bauli. Ora andrò nella mia camera a scriverti una lunga lunga lettera.

TARELLI   Ma è ridicolo scrivere ad una persona con la quale ci si può intendere in breve a voce. È tanto piú facile.

MARIA   Piú facile, sí, ma solo in certi casi. Insomma che tu lo voglia o no questa volta sarai obbligato di decifrare le mie zampe di mosca. La prefazione soltanto vorrei fare a viva voce, perché non so maneggiare tanto bene la penna da esplicare certe cose in iscritto.

TARELLI   Ebbene?

MARIA   (gettandogli le braccia al collo). Senti, zio, sei convinto che ti voglio bene? Qualunque cosa avessi da scriverti sapresti perdonarmelo subito, senza esitazione?

TARELLI   Capirai, pazzerella, che la spiegazione non potrà mai farmi andare in collera piú del fatto stesso. (Accarezzandola.) Ora anche senza i tuoi schiarimenti penso che sei molto, ma molto colpevole, eppure, come vedi non ti tengo il broncio. (Dolcemente.)

MARIA   Qualche volta quando le spiegazioni son date con tutta franchezza aggravano i fatti. (E ridendo.) E vedrai come son franca io, quando scrivo.

TARELLI   Ti diverti a tormentarmi facendo la sfinge.

MARIA   Abbi pazienza, ancora per poco. Volevo dirti, zio, che ti voglio molto, molto bene. Tu mi hai fatto da padre e da madre. Oh, non l'ho dimenticato, (ad un gesto di protesta di Tarelli) meglio ancora di quanto avrebbero potuto farlo essi stessi. Sei tu che hai scoperto, o forse inventato il mio genio. Che ne so io? Voglio anzi darti una prova del mio amore. Figurati che nei miei sogni di fanciulla io previdi il momento in cui tu, troppo vecchio, non avresti piú potuto continuare questa vita. Ebbene. Fra i miei sogni e te non ho mai esitato. Avrei abbandonato il violino per seguirti e menare con te una vita ritirata e tranquilla. Non mi stai a sentire? Sono cose molto importanti quelle che ti dico e dovresti imprimerti nella memoria ogni mia singola parola.

TARELLI   Sto a sentire, ma non vedo l'importanza dei tuoi discorsi. Ho io mai dubitato del tuo affetto per me?

MARIA   Eppure potresti dubitarne ed io non voglio. Dunque, ammettiamo, ch'io dovessi cambiare condizione...

TARELLI   Questo non ammetto.

MARIA   Ammettilo solo per un istante, acciocché io possa parlare con piú facilità. Ammesso, dunque, ch'io avessi a cambiar condizione anche allora, specialmente allora, ti vedrei tanto tanto volentieri accanto a me. Capisci, mio buon zio? (Lo abbraccia commossa.)

TARELLI   (riflettendo). Non capisco.

MARIA   (sorridendo). E la prefazione è terminata. Adesso lascia che vada a scrivere il volume.

TARELLI   Potrò stare dietro alla tua sedia a leggere oltre alla tua spalla mentre scrivi? Cosí il mezzo di comunicazione sarebbe pur sempre piú rapido.

MARIA   No, lasciami sola. Fra due orette circa avrai la lettera. Fino allora cercati una occupazione qualunque per passare il tempo.

TARELLI   Ma che cosa ho da fare per due ore intere con questa agitazione nell'anima?

MARIA   Va a passeggiare. Eccoti cappello e bastone e va a passeggiare da buon figliuolo. Addio, zio. (Abbracciandolo e baciandolo lo accompagna alla porta e poi corre piangendo nella sua stanza.)

TARELLI   (ritorna lentamente con cappello e bastone, pensieroso, irresoluto). Passeggiare? (Lentamente va alla porta e guarda nella direzione donde è uscita Maria.)

SCENA SECONDA

CUPPI e DETTO

CUPPI Prego, signor Tarelli, si potrebbe parlare con la signorina Maria?

TARELLI   Ah, il signor Cuppi! Pel momento mia nipote è occupata.

CUPPI Ciò m'incomoda... mi dispiace molto.

TARELLI   Perché?

CUPPI Perché... avrei premura di prender congedo. Vorrei salutarla.

TARELLI   Partiamo appena questa sera...

CUPPI Sí. Loro. Ma non io... Per un affare che mi è capitato... inaspettatamente devo partire subito.

TARELLI   Dunque fuorché agli artisti lei si dedica anche a qualche cos'altro in questo mondo?

CUPPI No. Si tratta sempre di un affare... artistico. Senta quello che mi capita. Per combinazione la Mara, la grande riformatrice del teatro moderno, recandosi a Genova, passa per una stazione a due ore da qui.

TARELLI   Ebbene?

CUPPI Ebbene, al suo passaggio io devo assolutamente salutarla. Capirà, son due anni che non ci vediamo. A quella sosta farò io gli onori di casa... o meglio gli onori di quella stazione. Farò in modo che durante la fermata... non le manchi nessuna comodità.

TARELLI   Quanto tempo si ferma il treno?

CUPPI Quattro minuti e mezzo. Causa le congiunzioni ferroviarie questo viaggio a me costa due giorni di tempo. Se partissi domattina arriverei sul posto due minuti e mezzo dopo la partenza della Mara. E, capirà, per quanto la differenza sia piccola... Debbo quindi partire fra mezz'ora.

TARELLI   Capisco, capisco. M'interesserò io dei suoi saluti per Maria.

CUPPI Ma, scusi, non potrei parlarle, (imbarazzato) col suo permesso, un solo momento?

TARELLI   Mi dispiace, ma non è possibile. È occupata.

CUPPI È in quella stanza. (Avviandosi.)

TARELLI   (tagliandogli la via). Scusi, mi dispiace, ma pel momento mia nipote è impedita.

CUPPI Ah, cosí (quasi piangendo) ma cosí io perdo il treno...

TARELLI   Non le ho detto che m'incarico io di portarle i suoi saluti? Può andarsene liberamente.

CUPPI Non posso, perché alla signorina Maria ho da dire e da dare qualche cosa.

TARELLI   Ebbene, dica e dia a me.

CUPPI (con rapida transazione). Già fra lei e sua nipote non ci sono segreti, è vero?

TARELLI   Si figuri!

CUPPI Ed anche se la signorina mi raccomandasse tanto e poi tanto di serbare il segreto, e di serbarlo proprio con lei, non è possibile che si tratti d'altro che di uno scherzo per cui non vale la pena ch'io perda l'occasione di salutare la Mara. Lei già immaginerà di che si tratta?

TARELLI   (agitatissimo, ma sorridendo). Certamente, me lo immagino, certamente!

CUPPI Ecco, dunque, qui i due biglietti. Mi sono costati esattamente l'importo consegnatomi dalla signorina.

TARELLI   Ah, i due... biglietti postali. (Non avendoli ancora ben visti.)

CUPPI No. Della "Florio Rubattino"... da Genova a Buenos Aires...

TARELLI   (cui manca il respiro). Ah, sí, sí, i nostri due biglietti.

CUPPI (curioso). Ma perché la signorina Maria desiderava che non dicessi niente particolarmente a lei dell'incarico che mi aveva affidato?

TARELLI   Un suo capriccio...

CUPPI Sí, sí. Da musicista, da artista...

TARELLI   Già si sa come sono gli artisti...

CUPPI Lo so molto, troppo bene.

TARELLI (riavutosi del tutto). Il fatto sta cosí. Io voleva continuare il nostro giro in Italia, mentre Maria desiderava portarsi immediatamente in America. Adesso, naturalmente, sono costretto di fare la sua volontà. Me l'ha fatta... quella furba.

CUPPI (ridendo di cuore). Ah, ah, ah, bellissima... proprio bella!

TARELLI Si, sí. Bellissima. Proprio bella.

CUPPI Io non ho piú che dieci minuti per prendere il treno. Mi scusi con la signorina Maria. Le chieda anche scusa se non ho potuto serbare il segreto confidatomi. Acciocché non mi serbi rancore, faccia il suo volere, non la contrari, la conduca in America. Me lo promette?

TARELLI Senz'altro. Non dubiti.

CUPPI Prima di andarmene... prima di partire... debbo dirle ancora una cosa. Io ho molta influenza sul pubblico di qui e l'assicuro, la impiegai tutta per far ottenere a sua nipote il migliore dei successi. Se non serví non è stata mia la colpa. Sua nipote dovrebbe anzitutto mettersi a suonare tutti altri autori. Quelli tedeschi qui non piacciono...

TARELLI (conducendolo alla porta). Sta bene... ho capito.

CUPPI Non si gustano qui. E poi sua nipote dovrebbe acquistare tutt'altra arcata...

TARELLI (spingendolo). Sta bene, sta bene...

CUPPI Meno sdolcinata...

TARELLI (lo getta fuori). Grazie! Addio!

CUPPI (mette la testa in scena). Assicuri... dica ai signori Galli...

TARELLI Va benone! Grazie!... Addio! (Gli chiude la porta in faccia.)

SCENA TERZA

TARELLI e dietro le quinte MARIA

TARELLI (ritorna verso il proscenio coi biglietti in mano, ora guardando quelli, ora la stanza di Maria. Poi mette i biglietti in tasca, va verso sinistra, apre la porta di Maria e guarda). Hai ancora molto da scrivere?

MARIA Sí, zio, ancora per mezz'ora, circa.

TARELLI (ridendo rabbiosamente). Un romanzo, dunque. Un intiero romanzo. (Chiude la porta a chiave ed intasca la chiave.) Scrivi con tutta calma, carina, abbiamo tempo.

SCENA QUARTA

GIORGIO e TARELLI

GIORGIO   Oh, il signor Tarelli.

TARELLI   (concitato). Mi saprebbe dire dove posso trovare il suo degno cognato?

GIORGIO   Degno? Non riconosco mio cognato neppure per prossimo.

TARELLI   Ciò non mi concerne. Dove posso trovare suo cognato?

GIORGIO   A rischio che mi ritenga l'assassino di mio cognato, risponderò biblicamente: "Sono io forse il custode di mio cognato?".

TARELLI   Ebbene. Mi dirigerò direttamente alla signora Giulia. Ella deve pur sapere dove si trovi suo marito.

GIORGIO   Ma perché cerca mio cognato? Ha già mancato a qualche sua promessa? a qualche sua promessa verso di lei?

TARELLI   (sorpreso si ferma). A qualche promessa? (Concitato.) Mi vorrebbe spiegare questa sua frase?

GIORGIO   Non posso spiegare nulla io. Poteva darsi che mio cognato le avesse fatto delle promesse, e, visto che non è abituato a mantenerle, poteva darsi che avesse mancato anche verso di lei. Ecco tutto. Io cerco di spiegarmi la sua concitazione e niente piú. Se non lo sa, l'avverto ch'è molto concitato.

TARELLI   E ne ho le mie buone ragioni. In questo istante ho appreso che suo cognato ha l'intenzione di fuggire con mia nipote.

GIORGIO   Possibile?

TARELLI   Non lo sapeva, dunque?

GIORGIO   Io lo sapevo. (Calmo.) E mi meraviglia come mai lei non lo avesse saputo.

TARELLI   (ironicamente). Cosí? Ah, lei credeva ch'io fossi perfettamente d'accordo di cedere mia nipote al suo signor cognato? Pare, al contrario, che voi siate tutti d'accordo in questo affare poco pulito.

GIORGIO   (calmo). Infatti siamo tutti d'accordo.

TARELLI   Ed io che credevo di essere entrato in una casa onesta!

GIORGIO   (c.s.) Mi creda, quando lei vi è entrato, questa casa era onesta. Adesso dipende dal modo di giudicare le cose.

TARELLI   E la signora Giulia?

GIORGIO   Anch'ella lo sa, da mezz'ora soltanto, però. Glielo dissi io stesso.

TARELLI   E lei pure diede immediatamente il suo assenso?

GIORGIO   Per essere sincero questo assenso non le venne chiesto. Giulia però è una donna ragionevole. Dal momento in cui apprese che suo marito faceva... la corte a sua nipote, ella, risolutamente si levò l'amore dal cuore e non si curò piú che di assicurare l'avvenire al suo figliuolo. Capirà. si tratta della sua dignità. In questa famiglia non si è abituati a domandare in carità neppure l'amore.

TARELLI   A tutto ciò non ho niente a ridire e voialtri sarete completamente liberi di comportarvi come vorrete. In quanto a me è un altro paio di maniche. Non so ancora in qual modo, ma le garantisco che saprò impedire la fuga di mia nipote. Se l'altro vuol fuggire che se ne vada con Dio.

GIORGIO   E noi dal canto nostro staremo a veder perfettamente indifferenti ciò che farà mio cognato, sua nipote e lei stesso. La sorte di mia sorella è decisa. Il resto non mi preoccupa.

TARELLI   Oh, agirà da solo. Il ghiribizzo che evidentemente ha rannuvolato il cervello di mia nipote, fra poco sarà passato.

GIORGIO   Sí, in alto mare, all'aria pura il cervello facilmente si snebbia.

TARELLI   In alto mare? Né mia nipote né suo cognato vedranno mai il mare, se hanno da vederlo insieme. Avrei fatto di lei un'artista, avrei faticato dieci anni per educarla, per poi consegnarla al primo imbecille cui piacessero i suoi begli occhi! Che il signor Alberto sia pronto di andare in America e anche piú lontano... oh non ne dubito! Va da sé. A lui l'avventura deve apparire carina!

GIORGIO   Non tanto.

TARELLI   Non capisco.

GIORGIO   Ecco. Mio cognato si trovava bene nella sua famiglia, e ci sarebbe rimasto ben volentieri, se la sua famiglia stessa non si fosse staccata da lui...

TARELLI   Davvero?

GIORGIO   Naturalmente. Una donna che avesse avuto meno dignità di mia sorella, avrebbe potuto trattenere Alberto facilmente. Ma gliel'ho già detto. Nella nostra famiglia non si è usi a mendicare.

TARELLI   Cosicché mia nipote avrebbe dovuto accontentarsi del rifiuto altrui?

GIORGIO   Non dico questo, anzi mi consta che la signorina piaceva ad Alberto già prima di entrare in questa casa. (Ridendo.) Il suo ideale sarebbe stato di tenere la signorina Maria come... dama di compagnia di sua moglie.

TARELLI   (alza la mano per batterlo).

GIORGIO   (reagendo). Olà!

TARELLI   (avvilito). Mi perdoni! È stato un movimento istintivo. Le sue parole mi parvero sferzate e mi misi sulla difesa.

GIORGIO   Le mie parole sono aspre, ma anche il fatto è ben aspro in se stesso. Bisognava intenderci nel modo piú chiaro. Con permesso. (Avviandosi.) Vado a far un po' di compagnia alla mia povera sorella.

SCENA QUINTA

TARELLI e MARIA

TARELLI   (rimane trasognato per qualche istante, poi deciso va alla porta di sinistra, la apre e chiama). Maria!

MARIA   (dall'interno). Non ho ancora finito, zio.

TARELLI   (gridando). Non importa, cara; risparmiati la fatica di scrivermi cose che già conosco. (Piccola pausa. Maria entra.) Ecco qui i due biglietti acquistati da Cuppi per incarico tuo. (Le consegna i biglietti.) Mi meraviglia (gridando) che non ti sia rivolta a me. Ti avrei servita altrettanto bene. (Siede.)

MARIA   (intimidita). Zio!

TARELLI   Chi vuoi?

MARIA   (pregando). Zio mio!

TARELLI   Me?! Io non sono tuo zio. Sicuramente io non sono zio della ganza del signor Alberto.

MARIA   Oh, zio! Una parola simile a me! Perdono il tuo dolore.

TARELLI   Non ho dolori, io.

MARIA   Ma non sei stato tu ad insegnarmi a pensare con la mia testa, senza pregiudizi, senza paure? Ed ora che si tratta di raggiungere la mia felicità, soltanto perché non curo il giudizio della gente, tu fai causa comune con essa e mi chiami una ganza. Ebbene! Sia! Sarò la ganza del signor Alberto.

TARELLI   Ed io (esitante) non ho detto altro, se non che lo sei già.

MARIA   Ti sei ben ingannato! (Tarelli respira.) Noi faremo una famiglia onestamente borghese laggiú in America, una famiglia che per non essere stata consacrata né dal prete né dal codice non sarà perciò meno felice.

TARELLI   Vi sarà una piccola contraddizione nella vostra famiglia. Onestamente borghese! Borghese, sí, ve lo concedo. Lui un bottegaio, quindi un borghese. Tu una femmina innamorata di un bottegaio, quindi borghese. Ma onestamente! I borghesi non fondano cosí le loro famiglie.

Scelgono le coppie, le uniscono, spesso per accomunare degli interessi, non si accontentano della legge civile, ma vogliono inoltre la garanzia della chiesa, e fanno camminare insieme i due sposi, consenzienti al legame che solidamente li lega. Cosí si diventa solidamente borghesi. La famiglia dev'essere stata fondata col consenso dei genitori, della legge e del prete. Voi due vi legate insieme con un delitto. (Maria protesta.) Un delitto verso una donna ed un fanciullo ed un delitto non può fare le veci delle benedizioni.

MARIA   (freddamente). Cosí dicono i preti.

TARELLI   Oh, Maria! Dimentica per un poco tutto quanto ti ho detto nella mia vita, perché non una delle mie teorie si adatta alla situazione che vuoi prepararti. Fin qui noi abbiamo corso il mondo, liberi, come gli uccelli dell'aria e indipendenti, senza obblighi né conseguenze. Dal nostro punto vista potevamo guardare sorridendo i nostri simili che per sentirsi felici e sicuri non hanno soltanto bisogno di piume e di fiori, ma pure di catene. Tu adesso vorresti vivere a modo loro. In tal caso non è ai miei passati insegnamenti cui devi rivolgerti, bensí alle leggi borghesi; senza delle quali non vi è famiglia. So bene come pervenisti alla determinazione di fuggire con quell'individuo. Non è amore il tuo, no. Come potresti sentirne per un simile animale?

MARIA   (indignata). Oh, zio!

TARELLI   Un po' alla volta ti è piaciuta l'idea di avere anche tu una casa come questa, dei mobili come questi, della biancheria da riordinare, dei bambini da allevare. Tutte le donne prima o poi hanno di queste nostalgie, ma nella tua mente di artista il capriccio passerà presto, e la casa ti sembrerà troppo ristretta, i bambini, se ne avrai, troppo stupidi, la biancheria un imbarazzo. Come non intendi che tale vita non è fatta per te? Oh, io mi ci perdo!

MARIA   So che questa vita non è fatta per me. È con sacrificio ch'io l'offro ad Alberto, ma gliel'offro volentieri e lietamente, perché... l'amo.

TARELLI   (fosco). Davvero? Ed è questa la ragione per cui, come già dissi, non sento piú di essere tuo zio.

MARIA   Oh, zio mio, non dire cosí. Vieni invece con noi! Io volevo proporti di seguirci. Vuoi vedere la lettera? Essa ti spiega quanto sarebbero stati importanti laggiú per me... la tua presenza, il tuo appoggio. Tanto importanti da significare la legittimazione del nostro nodo.

TARELLI   No. No. Giammai! Non vedi come mi offendi con tale proposta? Mi sento ad un tratto borghese anch'io da capo a piedi e la tua disonestà mi offende, mi nausea. Oh, Maria! Come può esserti accaduto di amare un animalaccio simile, che te poi, in fondo, non ama.

MARIA   Mi ama.

TARELLI   (ridendo) Tu non conosci l'aspetto, il contegno di un uomo che ama. Per quanto legato alla sua famiglia, l'uomo innamorato non aspetta di venir messo alla porta della sua casa, ma l'abbandona risoluto egli stesso. Se questo Galli ti avesse amata, veramente amata, avrebbe sentito di essere capace di ammazzare moglie e figlio, e nemmeno allora ti avrebbe ancor meritata.

MARIA   (ridendo). Avrebbe dovuto anche suicidarsi e tu, naturalmente, saresti stato contento.

TARELLI   Non ti ama. Dopo averti avvilita col suo amore, ti abbandonerà; e tu dovrai ricorrere nuovamente all'arte, che allora ti volterà le spalle anch'essa, perché l'arte non è una mala femmina, cui basti un solo invito, perché si dia; bisogna accarezzarla ed amarla lungamente per averne i piú piccoli favori. Tu avrai perduto quella serenità di coscienza e d'anima che rendevano tanto belle le tue interpretazioni; ed infine ti mancherà il mio appoggio, perché ciò mi darà semplicemente la morte.

MARIA   Oh, zio!

TARELLI   Dopo un disinganno simile non so come potrei continuare a vivere. Non avrei piú scopo. In te erano riposte le mie speranze, nel tuo avvenire l'ideale della mia vita. Ciò che non era riuscito a me, vedevo riuscire in te, ed io stavo a guardare affascinato e beato l'opera mia, quasi che in essa la mia vita si ripetesse, ma in forma piú bella, oh, tanto piú bella! E adesso capita un bottegaio qualunque a rovesciare il mio superbo edifizio. (Risoluto.) Ascolta, cara! Sei tu certa che, se la moglie di quel tuo Alberto facesse un cenno per richiamarlo, egli non si affretterebbe ad obbedire? E non ti lascierebbe partire per l'America sola?

MARIA   T'inganni. Vuoi leggere la lettera che mi scrive oggi, in cui mi comunica la sua risoluzione?

TARELLI   Non leggo i manoscritti di quell'individuo. E se li leggessi, per quanto ben scritti - il tuo Alberto deve anche avere una bella calligrafia - non mi commoverebbero. Che ora era fissata per la fuga?

MARIA   Io doveva partire sola per Brindisi da qui ad un'ora. Egli sarebbe partito questa sera.

TARELLI   Maria, per quanto ho fatto per te in questi ultimi dieci anni, vuoi accordarmi un piccolo, un ultimo favore? Dilaziona di qualche ora la tua partenza. Partirai questa sera insieme con lui e che Dio vi accompagni! Questa sera, te lo prometto, non farò piú alcun tentativo per trattenerti. Ma fino allora, promettimi, che non avrai alcuna comunicazione col tuo complice.

MARIA   Complice?

TARELLI   Chiamalo come vuoi... Me lo prometti?

MARIA   Te lo prometto. Ma devi permettermi di avvertire Alberto.

TARELLI   (dopo un istante di riflessione). Non farlo, te ne prego. Già per lui, non sarà che una bella sorpresa l'apprendere di dover fare con te anche il viaggio fino a Brindisi. Devi promettermi di non mettere piede fuori di quella stanza prima di questa sera. Sarà per te una seccatura, ma forse per me puoi sopportarla, vero?

MARIA   Sí, zio mio. Vedi che cerco in tutti i modi di renderti piú gradito il mio ricordo e di diminuire il rancore che, credo, mi serberai.

TARELLI   A te rancore? Oh, no. Ricordo, sí, come... per una morta rapita improvvisamente. Adesso va nella tua prigione, te ne prego!

MARIA   (a Tarelli che suona il campanello). Che fai?

TARELLI   Chiamo la cameriera.

SCENA SESTA

AMELIA e DETTI

AMELIA   Il signore desidera?

TARELLI   Dica, per piacere, alla signora Giulia che per cosa di somma premura desidererei parlarle. L'attendo qui, o se la signora lo desidera, verrò io di là nelle sue stanze.

AMELIA   Subito, signore.

TARELLI   (la trattiene). Io parto oggi (le dà del denaro). Mia nipote ed io siamo stati molto soddisfatti di lei.

AMELIA   Grazie, signore. Mi dispiace di non aver potuto dedicarmi esclusivamente al loro servizio, ma ho tanto da fare in questa casa.

TARELLI   Non importa. Adesso vada subito dalla signora Giulia.

AMELIA   Immediatamente. Grazie anche a lei, signorina. Sono stati troppo buoni.

MARIA   Povero zio! Mi dispiace veder che ti agiti tanto e... inutilmente.

TARELLI   A me non dispiace affatto. Mi sarebbe spiaciuto invece di non poter fare alcun tentativo per trattenerti. Almeno, non riuscendo, potrò sempre dare un po' di colpa a me stesso del tuo fallo, e ciò mi sarà un po' di conforto. Mi bastonerò da solo non potendo bastonare altri. Ma invece, se riuscissi nell'intento di far sí che il signor Alberto mancasse alla sua parola... tu, ne soffriresti?

MARIA   (dopo una breve esitazione). No zio. Mi consolerei all'idea che, anche una volta, avrò fatto il tuo volere.

TARELLI   (le bacia le mani). Grazie, grazie. (L'accompagna alla porta e Maria esce.)

SCENA SETTIMA

GIULIA e TARELLI

GIULIA   Mi ha fatto chiamare, signor Tarelli?

TARELLI   Sí, signora. Accadono delle cose molto strane in questa casa.

GIULIA   Strane davvero. Ma s'è per farmelo sapere, l'avverto che le conosco già.

TARELLI   Lo so. Anzi mi consta che le sapeva prima di me e non me ne disse nulla.

GIULIA   Io a mia volta credeva che le sapesse e... che fosse d'accordo.

TARELLI   S'ingannava e... mi offendeva. Ma non gliene faccio carico non potendo esigere stima da chi non mi conosce. Io, al contrario, credeva di conoscere lei, e mi sono ingannato. Mi sono ingannato, sí, sul suo conto.

GIULIA   Sentiamo che cosa credeva di me.

SCENA OTTAVA

GIORGIO e DETTI

TARELLI   Io credeva anzitutto che lei amasse suo marito, e mi sono ingannato; poi credeva che lei amasse suo figlio e mi sono ingannato ancora. Potrei sbagliare nel giudicarla in tal guisa, ma allora dovrei ricredermi su di un altro punto. Io la riteneva intelligente, mentre ora mi avvedo che in una fase tanto importante della sua vita lei agisce precisamente da persona che... non capisce niente.

GIULIA   La prego di credere ch'io ho amato mio marito ed amo mio figlio. Ne parli a mio marito ed egli le potrà levare ogni dubbio in proposito. Mi creda piuttosto poco intelligente, lo preferisco, piuttosto che credermi poco amante. Ma come, dica, avrei potuto agire diversamente? Che cosa potevo io in questa... disgraziata faccenda? Non ho colpa alcuna, perché non ho fatto alcun male. Ho assistito all'avvicendarsi di fatti imprevedibili ed ho creduto meglio di non dover intervenire.

GIORGIO   Cosí la consigliai io stesso, e non mi parve di averla consigliata male.

TARELLI   Oh, professore, lei qui? Ho tanto piacere di vederla, ma le sarei molto grato, se in questo colloquio lei non mettesse la sua parola. E non si mettesse in lotta con me. Io già conosco la sua opinione, la signora, pure, tant'è vero che tutte le assurdità commesse dalla signora Giulia, le furono suggerite da lei. Dunque lasci ora ch'io esponga le mie idee. La signora poi sceglierà fra i miei ed i suoi consigli.

GIORGIO   Non riconosco di aver suggerito delle assurdità.

TARELLI   Ma non è di ciò che dobbiamo discutere. Non perdiamo tempo. Io le chiedo soltanto di lasciarmi parlare. Vuol lasciarmi parlare?

GIORGIO   Parli pure.

TARELLI   Anzi, a dire il vero, io mi sentirei meglio, se volesse lasciarci soli, perché a quattr'occhi ci si intende piú facilmente. No? Rimanga, dunque. Ma, non piú una parola da parte sua! (A Giulia.) Signora! Lei è responsabile di tutte le cose qui accadute che lei vuol far credere di deplorare. Questo è ciò che voleva dirle.

GIORGIO   Ma lei dice una sciocchezza! La colpa ricade su tutt'altre spalle!

TARELLI   Lei mi ha promesso di tacere...

GIULIA   Mi può spiegare in qual modo io mi sia caricata di una sí grave responsabilità?

TARELLI   Lo ignora?

GIULIA   Sí, lo ignoro. E la scongiuro di spiegarmelo. Mia la colpa? (Agitatissima.) Se colpa è quella di essere stata troppo ingenua e fidente, allora sono stata, sí, veramente colpevole. Altra colpa in me non vedo...

TARELLI   Eppure, ne sono certo, l'unica responsabile è lei.

GIULIA   Ebbene si spieghi, dunque! Se lei saprà provare che in me ci sia anche una piccola colpa, andrò magari ad abbracciare Maria prima che parta, e mi congederò da Alberto chiedendogli scusa del male che gli ho fatto.

TARELLI   Non questo le chiedo. Chi ha fatto il male, ripari. Non è stata lei a scacciare suo marito, perché un imbecille qualunque è corso a riferirle che Maria si era lasciata baciare... una mano da lui?

GIORGIO   Una mano? La faccia... In bocca!...

TARELLI   Lei ha promesso di stare zitto!

GIULIA   Io non l'ho scacciato. Gli ho detto soltanto che i nostri rapporti avrebbero cambiato natura. Ci saremmo trattati come fratello e sorella. Potevo agire altrimenti?

TARELLI   E lei credeva di aver cosí rimediato a tutto e di aver vincolato a lei per sempre quel povero diavolo che avrebbe dovuto starle accanto in eterna ammirazione della sua dignità?

GIORGIO   Non era compito di mia sorella di rimediare al male che avevano fatto gli altri. Il suo compito si limitava a levarsi al piú presto da una posizione equivoca e penosa, punire in quanto stava nelle sue forze, chi aveva mancato ai suoi doveri; infine contenersi proprio come lei non vorrebbe: dignitosamente.

TARELLI   Ed ora seguendo i suoi consigli la signora si trova coll'aver salvato la dignità e nient'altro. Crede che le basti?

GIORGIO   A mia sorella deve bastare.

TARELLI   Ah, sí; deve bastarle, naturalmente, le basterà. Ma dica, signora. Non vede lei la diretta relazione che c'è fra le due determinazioni, quella, cioè, presa da lei verso suo marito, e quella presa da suo marito verso di lei?

GIULIA   No, non la vedo. Se mi avesse amata, se avesse amato mio figlio, avrebbe tentato di far dimenticare i suoi trascorsi e di riconquistare il mio affetto.

TARELLI   Ciò sarebbe stato dignitoso. Ma pare che a suo marito la dignità importi meno. Signora, io non posso convincerla, Lei ha la testa piena di parole altrui. Dignità... amor proprio... e che so io. E le offuscano il buon senso, questo l'ho capito subito. Se però suo marito al solo vederla si pentisse, cadesse ai suoi piedi, sarebbe pronta a perdonargli, definitivamente, stendendo un velo sul passato?

GIULIA   Mi sarebbe difficile, ma perdonerei.

TARELLI   Bene, professore, è d'accordo che, prima di dividersi, marito e moglie si rivedano ancora una volta?

GIORGIO   Ha parlato forse con mio cognato per sapere con tanta sicurezza che al solo vederla egli cadrà ai suoi piedi?

TARELLI   No. Non ho parlato con lui, ma credo di conoscerlo meglio di voi tutti. Ho insomma la convinzione che se gli fosse dato di parlare un'ultima volta con la signora, riconoscerebbe tutti i suoi torti e... mia nipote potrebbe partire in pace. Unica difficoltà che mi si presenta nel condurre a termine questa faccenda si è di far giungere marito e moglie a questo colloquio senza che da nessuna parte venga meno... la dignità. Vede, professore, che alla dignità ci penso anch'io.

GIORGIO   Non sta dalla parte di Alberto la difficoltà, poiché egli aveva chiesto di salutare sua moglie prima di partire, e Giulia vi si era rifiutata, temendo di non saper contenersi a dovere. Il difficile è di convincere Giulia...

TARELLI   Me ne incarico io. Lei vada a chiamare suo cognato. Sa dove si trova?

GIORGIO   Sí. Che te ne pare, Giulia?

GIULIA   Che venga. Non sarò certo io che mi opporrò ad un tentativo che possa conservare il padre al mio figliuolo.

GIORGIO   Sta bene. Vado a chiamarlo. Già al vostro colloquio sarò presente anch'io.

TARELLI   D'accordo. Li sorveglierà acciocché la dignità non soffra. (Giorgio via.)

GIULIA   La ringrazio di avermi fatto comprendere che il mio dovere è di sacrificarmi.

TARELLI   Sacrificarsi? Io voglio che lei sia felice!

GIULIA   Checché avvenga la mia felicità è distrutta per sempre... da sua nipote.

TARELLI   Da mia nipote? Pel momento non ho nessuna intenzione di difenderla, e capisco che mi sarebbe difficile. Però lei s'inganna, signora. Non so, se faccia bene o male ad aprirle gli occhi, ma conosco il cuore umano, per cui sono certo che il suo risentimento verso suo marito diminuirà, quando saprà che non è di Maria... o meglio che non è solo di Maria che ha da temere.

GIULIA   Cosa dice?

TARELLI   Devo proprio io farle sapere che suo marito non le è stato fedele mai nel senso con cui lei intende la fedeltà. Delle Marie, da quando Alberto è sposato, egli se l'è viste passare parecchie nella sua vita. Tutta roba che gli serviva di svago, senza ch'egli vi desse mai troppa importanza. Egli nemmeno credeva di mancare ai suoi doveri matrimoniali correndo dietro a qualunque gonnella che incontrasse nei suoi viaggi di affari. Lo confidò egli stesso a Maria subito dopo il nostro arrivo qui. Disgrazia volle che la gonnella incontrata in questo suo ultimo viaggio gli capitasse dritta dritta in casa.

GIULIA   E crede lei che questo diminuirà il mio risentimento verso mio marito?

TARELLI   Lei, signora, non ebbe mai alcun sospetto?

GIULIA   Nessuno, in verità. Ho sempre creduto ch'egli mi amasse quanto io l'amavo.

TARELLI   Né s'ingannava, sicuramente. Però mi figuravo che la pace fosse stabilita nella loro famiglia in tutto altro modo. Pensavo ch'ella fosse edotta di tutte le teorie di suo marito e che chiudesse uno, anzi tutti due gli occhi. (Gesto di protesta di Giulia.) "Beato lui e beata lei" pensavo. Cosí dunque è fatta la maglia, che a chi non la conosce fa tanta paura. La legge che la regola è rigida, ma i caratteri che la compongono hanno una dolcezza che può toglierle qualsiasi durezza. Cosí, e soltanto cosí si può naturalmente vivere l'uno accanto all'altro, amichevolmente e anche affettuosamente. Lei, signora, mi appariva quale l'immagine della purezza della famiglia, non solo, ma pure quale un'eroina nella dura lotta della vita. Conoscendo il cuore umano, comprendevo che non tutto il suo compito fosse facile e piacevole. A lei bastava, cosí mi sembrava, che il sacro suolo su cui ella moveva nella sua nobile attività restasse puro, incontaminato. Perciò, io pensava, Ella non agiva contro le tendenze del signor Alberto. Le bastava di sorvegliare ch'esse non si esplicassero in questo recinto... Tutto era bello qui, infatti... tranne, secondo me... la cameriera.

GIULIA   È un caso (con disprezzo) creda. Se crede ch'io mi degni di considerare quale mia rivale una cameriera, s'inganna.

TARELLI   Sí, lo so ora. Mi sono ingannato. Ma rivale? Chi dice rivale? Né secondo me né secondo suo marito lei non aveva rivali. Le altre donne erano altre donne, non rivali. Naturalmente, lei mi ha fatto ricredere, facendo procedere troppo oltre un'avventura, che si sarebbe risolta in limiti modesti. Il fatto che suo marito nelle gioie di novelli amori non saprebbe rimpiangere la famiglia perduta, pare la consoli, la tranquillizzi, e suo fratello, poi, sembra piú che soddisfatto di avere la sorella vedova prima della morte del cognato.

SCENA NONA

GIORGIO e DETTI

GIORGIO   Alberto ti attende in questa stanza. Volle abbracciare Piero ed io gliel'ho accordato. Non si poteva impedirglielo...

GIULIA   (avviandosi lentamente). No... no.

GIORGIO   Sii dignitosa, non dura. Già vi dividete per sempre, non vi è piú scopo di litigare.

TARELLI   Sente? Anche suo fratello le ripete i miei consigli. Sia dolce e buona com'è stata tutta la sua vita.

GIULIA   Mi proverò. (Guarda nell'altra stanza.) Egli bacia Piero... e piange...

TARELLI   Poveretto! (Con simulata commozione.)

(Giulia via seguita da Giorgio.)

SCENA DECIMA

MARIA e TARELLI

MARIA   (vestita per uscire). Sai che non ti conoscevo come oratore? Hai convinto me pure...

TARELLI   Davvero?

MARIA   Senza averne alcun indizio ho capito ch'eri riuscito a convincere Giulia. Poverina! Se ora Alberto non si lascia convertire con altrettanta facilità, ella resterà molto male.

TARELLI   (inquieto guardando verso l'altra stanza). Credi che Alberto resisterà?

MARIA   Dopo i tuoi ragionamenti, ne dubito.

TARELLI   (trionfante si allontana dalla porta). Guarda, guarda, Maria...

MARIA   (senza muoversi). Che cosa ho da guardare?

TARELLI   Hai piú fortuna che giudizio. Sei libera! Si abbracciano.

MARIA   (avvilita). Tanto presto?

SCENA UNDICESIMA

GIORGIO e DETTI

GIORGIO   Fate pure! Io non posso impedirvelo. Oh, le donne, le donne!... Questo ella chiama dignità.

(Maria si tira in disparte.)

TARELLI   Che cosa le è accaduto, professore? Si sono ammazzati e di marito e moglie non rimangono piú che le code?

GIORGIO   Ma che! Cominciarono col baciare ed abbracciare il figliolo e finirono col piangere ed abbracciarsi fra di loro, pacificati. Senza dire una parola, senza porre alcuna condizione. Facciano pure, ma io non rimetto piú piede in questa casa! (Via.)

TARELLI   (a Maria). Vedi che non abbiamo da sentire rimorsi, poiché a questa gente non abbiamo fatto che del bene... Che te ne pare? Possiamo andarcene? (Le offre il braccio.) Diremo ad Amelia che c'invii i bauli con un servo alla stazione. Io davvero non me la sento di andare a ringraziare per l'ospitalità ricevuta in questa casa. Approfitteremo di questi due biglietti, giacché tanto ci tieni a vedere l'America. Ma, aspetta. Dobbiamo prima andare a salutare Maineri! Sai che neppur in questo luogo il tuo successo non è stato poi disprezzabile? Trovare una persona come Maineri, pronta ad abbandonare tutto e tutti per seguirci, perché egli dichiara che senza il tuo violino non può piú vivere, e vorrebbe accompagnarti attraverso il mondo, che ne dici, è mica poco?

MARIA   Fa come vuoi.

TARELLI   Ti rammarichi davvero che l'avventura debba finire cosí? Ah, non lo credo! Non capisci che non appena vorrai ricominciarla potrai farlo sotto auspici piú favorevoli. Anzitutto tu non avrai bisogno di abbandonare l'arte per maritarti. Sposerai un girovago come te. Moglie, marito e buoi dei paesi tuoi! Compreremo un casotto ambulante e cosí avrai anche la tua casa...

MARIA   Non scherzare, te ne prego! Non scherzare per giunta!

TARELLI   Allora presto presto andiamocene! Quando non vuoi scherzare c'è sempre da aver paura...

MARIA   No, cosí non parto. Voglio salutare...

TARELLI   (spaventato). Chi?

MARIA   Giulia.

TARELLI   L'idea non mi dispiace. (Va alla porta.) Signora Giulia, scusi, un momento solo!

SCENA DODICESIMA

GIULIA e DETTI

TARELLI   Prima di partire vorrei ringraziarla per l'ospitalità accord ataci.

MARIA   Giulia, vorrei salutarti anch'io... Sii felice! Io non ti ho mai voluto male! È stata una cosa che mi è capitata senza che lo volessi o ne dubitassi... Davvero che ancora non so spiegarmela, ma so di certo che non ho mai avuto l'idea di farti del male, e, lo comprendo ora, non mi sarei mai rassegnata ad essere odiata da te. Vedi? La danneggiata, chi ne soffre son io, perché nasconderlo? Non lo ha voluto, altrimenti sarei partita con lui... È meglio cosí. Anzi, la mia scappata non può che lusingarti. Lo amavo e perché? Perché volevo la tua casa, la tua felicità, tuo marito, e sognavo di divenire buona e dolce come sei tu. Già non mi sarebbe riuscito, lo riconosco! Io al tuo posto, vedendo la mia felicità minacciata, avrei ammazzato lui, la sua complice e me. (Agitatissima. Piú dolcemente.) Sii buona fino in fondo e... dammi la mano! Perché avremmo a dividerci cosí? È probabilmente l'ultima volta che ci vediamo!

CALA LA TELA

parte seconda in atto unico

52

ATTO PRIMO

Tinello in casa Galli.

SCENA PRIMA

ALBERTO che dorme su un'ottomana, GIULIA e GIORGIO

GIULIA   (a Giorgio che entra). Pst! Piano che dorme.

GIORGIO   (le stringe la mano). Te lo avevo detto io che non c'era da impensierirsi. Eccolo là che dorme tranquillamente come se non dubitasse affatto che ha tolto a te il sonno di una notte intera.

GIULIA   Lascialo dormire, poveretto! Lui non ne ha colpa. Ha perduto per distrazione due treni a Firenze. Mi ha telegrafato per avvisarmelo ma il male si è che il suo dispaccio mi è pervenuto soltanto pochi minuti fa.

GIORGIO   Diamine! Due treni ha perduto e i suoi dispacci da Firenze a qui ci mettono ventiquattr'ore? Son cose che non nascono che a lui. Chissà come avrà indirizzato il suo dispaccio! Mostramelo!

GIULIA   L'ho gettato via.

GIORGIO   Come si fa non indirizzare un reclamo all'ufficio telegrafico? Io non tollererei un simile disordine.

GIULIA   Che vuoi che a me importi che ora mettano ordine in quell'ufficio? Chissà quanti anni trascorreranno prima ch'io abbia a ricevere un altro dispaccio.

GIORGIO   Io agirei per la massima.

GIULIA   Mi dispiace che presto dovrò svegliarlo perché arriva Maria Tarelli con suo zio. Già cosí, pur senza conoscerli, non li ama molto. Se incominciano poi col disturbarlo dal sonno, li amerà anche meno, e saranno poco aggradevoli i pochi giorni che Maria passerà con noi perché sincero e franco come egli è non saprà celare la sua antipatia.

GIORGIO   Spero bene che saprà frenarsi e che almeno non dirà loro in faccia che li tiene per istrioni. A momenti mi adiravo tempo fa a sentirlo parlare in tale modo di artisti.

GIULIA   Che vuoi farci? Lui è un buon borghese che ci tiene alla sua vita onesta e limpida e regolare e non ama la gente nomade come sono Maria e suo zio.

GIORGIO   (con un po' di disprezzo). Sí! Sí! è degno tuo marito.

GIULIA   Che vuoi farci? Siamo felici cosí! Tu sogni arte e scienza, noi vogliamo calma e felicità. Non si direbbe che siamo fratello e sorella, eh! Del resto ritengo che Maria finirà col conquistarsi anche le simpatie di Alberto! Della tua può essere sicura. Anche troppo, ma bada che io terrò gli occhi molto aperti.

GIORGIO   Per me non temere! Certo è che a parlare con una persona siffatta mi divertirò piú che con la gente solita che mi tocca frequentare qui. Ma insomma si tratta di parlare, non d'altro. Non ho tempo da perdere io e debbo riservarmi ad altre cose.

GIULIA   Capisco! Capisco! Ma Maria è molto bella almeno se attenne quanto prometteva! Troverai in lei una donna all'infuori di certi suoi accenti bruschi, maschili sorprendenti nella sua voce che è adorabile.

SCENA SECONDA

AMELIA, PIERO e DETTI

AMELIA   C'è fuori un signore che vuol parlare col signor Alberto.

GIULIA   Pst! Va a vedere tu, Giorgio! (Giorgio via.)

PIERO Mamma! Non ti ha detto niente papà se mi ha portato un regalo dal suo viaggio?

GIULIA   Non lo so, caro! Glielo chiederemo allorché si sarà svegliato. (Vedendo che Alberto si muove.) Pst! S'è destato.

ALBERTO   Meno male che sono a casa mia. Mi pareva d'essere ancora in viaggio. Quanto tempo è che dormo?

GIULIA   Circa due ore. Il sonno, no, non l'hai perduto.

ALBERTO   Hai ragione di farmene un rimprovero. Dopo quindici giorni di assenza doveva bastare la vista della mia cara moglie per tenermi desto. Ma sono precisamente i quindici giorni di fatiche che mi fanno essere cosí. Ho faticato assai. (Stirandosi)

GIULIA   C'è fuori un signore che domanda di te. Amelia avverta Giorgio che Alberto è desto.

ALBERTO   Chi è?

GIULIA   Non lo so. Ho mandato Giorgio a parlargli (si siede accanto a lui e attira a sé Piero.) Piero chiedeva se gli hai portato qualche dono dal tuo viaggio.

ALBERTO   (ancora un po' assonnato). Un dono?

GIULIA   Ma sí come sempre.

ALBERTO   Un dono! Me ne sono dimenticato.

GIULIA   Davvero? (Sorpresa e offesa.)

ALBERTO   Avevo l'intenzione di comprargli qualche cosa ma poi ho pensato ch'era meglio di fare tale acquisto qui da noi ove tutto è piú a buon mercato.

PIERO Allora potrò scegliere io?

ALBERTO   Ma sí! Domani stesso andremo insieme dal chincagliere.

GIULIA   A me sarebbe piaciuto meglio che tu avessi fatto tale acquisto fuori. Sarebbe stata una prova che anche lungi da noi a noi sempre pensi.

ALBERTO   (scherzosamente). E di tale prova hai bisogno? Io non ci ho mica pensato che per te il dono a Piero potesse valere quale una prova del mio affetto. Altrimenti, gli avrei portato non uno ma dieci doni.

PIERO Dieci doni! Peccato che non ci hai pensato.

ALBERTO   (ridendo). Bravo Piero! Tu trovi sempre la parola giusta. (Si china a baciarlo e anche Giulia con lui.)

SCENA TERZA

CUPPI, GIORGIO e DETTI

CUPPI Se la è cosí, ritornerò.

GIORGIO   No! No! anzi s'accomodi. Dovranno arrivare di qui a poco. (Presentando.) Il signor Cuppi, mia sorella, mio cognato Alberto Galli.

CUPPI (esageratamente cortese). Ho tanto piacere! (Stringe la mano prima a Giulia poi a Alberto.) Li conoscevo di vista da parecchio tempo e sempre desideravo che si fosse presentata l'occasione di fare una conoscenza piú intima... (correggendosi) sí, piú vicina... piú... piú vicina sí. Ora l'occasione s'è presentata perché io attendo i signori Tarelli.

ALBERTO   Ah! cosí? Arrivano oggi? Sono raccomandati a lei?

CUPPI (alquanto confuso). No, no non sono raccomandati a me. (Ridendo.) Ma come? Loro non mi conoscono affatto? Bisognerà dunque che mi presenti da me, sí, che mi spieghi, che mi esplichi. Non sanno che io sono l'amico degli artisti? Se non faccio altro io a questo mondo? Come si fa abitare questa città e non conoscermi? Ora, sí, oso asserire che in questa città di provincia io sono la cosa, la persona piú preziosa per gli artisti. Sono loro servo devoto, li aiuto in tutte le piccolezze di cui possono abbisognare e in compenso non chiedo loro che la loro amicizia. È un'occupazione che rende poco, ma che mi fa passare magnificamente, sí, aggradevolmente la vita. La Ristori diceva di questa città: Di bello non c'è che la cattedrale e Cuppi. L'ho in iscritto, sanno, e l'ho messo in cornice. Sta in una lettera diretta a me da un commendatore, amico intimo della Ristori e che per piacere le faceva da segretario... o quasi... non so cioè se scrivesse per conto della Ristori tutte le sue lettere; fatto sta che a me scrisse per ordine della Ristori una bellissima lettera che ho messo in cornice. La firma non è bene leggibile ma c'è un Comm. che deve significare commendatore: Di bello non c'è che la cattedrale e Cuppi. Mi vedranno ora all'opera come io so diventare utile agli artisti. Peccato che i signori Tarelli trovino qui l'alloggio pronto. Ne avevo uno di bellissimo a loro disposizione, una vera occasione, sí un incontro fortuito, sí, rarissimo.

ALBERTO   Se preferiranno quello non sarò certo io che li costringerò ad occupare questo.

GIULIA   (rimproverando). Ma Alberto! (Poi a Cuppi.) Ho promesso a Maria di tenerla con me. Quasi quasi viene qui piuttosto allo scopo di rivedermi che di dare quei due concerti.

CUPPI (ammirandola). Era proprio amica sua intrinseca?

GIULIA   Ma sí; amica di collegio.

CUPPI Tanto giovine e in poche settimane è divenuta famosa, celebre, conosciutissima. Tutti i giornali ne parlano. Non vedo l'ora di vederla.

SCENA QUARTA

AMELIA e DETTI, poi MAINERI, TARELLI e MARIA

AMELIA   Sono qui ma in tre.

GIULIA   Falli entrare.

ALBERTO   In tre? Chi è il terzo? Vanno aumentando continuamente.

AMELIA   In tutto una donna e due uomini. Dissi loro di entrare ma essi non ci pensarono punto e rimasero alla porta a chiacchierare.

ALBERTO   Si sa! Sono in casa loro.

CUPPI Vuole che li vada a chiamare io?

MARIA   (entrando seguita da Maineri e Tarelli). Ne parleremo poi. Dov'è Giulia? Come stai? (La bacia affettuosamente.) Uh! che pezzo di donna. Hai il volume che altre volte avevamo noi due insieme. Ti rammenti? Tu la piú buona della scuola, io la peggior scolara. Strano destino che soltanto noi due abbiamo a ritrovarci; di nessun'altra ho udito mai neppure a parlare. Oh! ma sei cambiata, molto cambiata! Sei rimasta una bella persona dalla fisonomia dolce ma non sei piú quella. Perché hai cambiato tanto? Io che speravo di ritrovare in te quella mia antica dolce amica cui mi piaceva tanto di far male per vedere fin dove arrivava la sua indulgenza. Chissà quanto cattiva sei divenuta invecchiando! Perché non siamo mica piú bambine, sai, è bene rammentarcelo.

GIULIA   Tu invece sei sempre la stessa co' tuoi occhi serii e dolci. (Presentando.) Mio marito.

ALBERTO   (con lieve sorpresa). Signorina!

MARIA   (ridendo dopo un istante di sorpresa). Oho! una vecchia conoscenza.

ALBERTO   (rimesso). Infatti, abbiamo fatto un pezzo di viaggio insieme. Da Bologna a Firenze.

MARIA   Ancona, cioè.

TARELLI   (intervenendo). Firenze, Firenze.

ALBERTO   Io ad Ancona non ci sono stato questa volta.

MARIA   (sorpresa). Ah! cosí?

ALBERTO   L'altr'ieri abbiamo fatto questo viaggio insieme (a Giulia) da Bologna a Firenze.

MARIA   (non comprende). L'altr'ieri?

GIULIA   E non avete fatto conoscenza?

MARIA   Non ve n'è stata l'occasione.

ALBERTO   Ha fatto buon viaggio?

MARIA   (freddamente). Sí, grazie.

GIORGIO   (poco persuaso, a mezzo da sé). Strano! Una è stata con lui ad Ancona; l'altro invece non si rammenta che d'essere stato a Firenze.

GIULIA   (presentando). Mio fratello Giorgio, professore al liceo.

GIORGIO   Ho tanto piacere di fare la sua conoscenza. Ne chieda a mia sorella; contavo i giorni che mancavano al suo arrivo qui, perché per me è una vera fortuna che, seppur per breve tempo, la casa di mia sorella acquisti un aspetto piú artistico.

MARIA   Grazie del complimento ma non posso accettarlo. Non rendo mica artistici i luoghi che tocco.

GIULIA   (a Maria). Bisogna sapere che lui oltre che professore è anche artista e dotto. Si occupa di storia patria.

MARIA   Anche questo paese ha una storia?

TARELLI   (intervenendo). Ma che dici, Maria? Offendi i signori eppoi ti sbagli. Questo paese ha una storia e anzi cospicua. Non è per di qua che sono passati i Romani?

GIORGIO   Precisamente, due volte. Una volta andando a Capua.

TARELLI   So, so, e l'altra volta ritornandone. Maria, ti sei dimenticata di presentarmi.

MARIA   Mio zio Giulio Tarelli.

TARELLI   (stringendo la mano a Giulia). Il quale accetta con gratitudine l'ospitalità che tanto gentilmente gli è stata offerta. (Poi ridendo stringe la mano ad Alberto.) Veramente peccato che a Bologna nessuno ci abbia presentati. Avremmo fatto molto piú aggradevolmente il tratto da Bologna a Firenze, perché è quello il tratto che abbiamo fatto insieme.

MAINERI   (avanzandosi). Signorina! Io debbo andarmene. (Guardando l'orologio.) Sono legato alle mie lezioni.

MARIA   Incatenato, mi pare, addirittura. Rimanga soltanto un istante ancora che la presenti ai padroni di casa poiché ella dovrà venire qui di spesso per causa mia. Il prof. Maineri che gentilmente s'è offerto di accompagnarmi al piano nei due concerti che ho da dare qui. Ha avuto la gentilezza di venirmi a ricevere alla stazione.

GIULIA   Ci sarei venuta anch'io se mio marito non fosse stato qui ancora molto stanco dal viaggio.

MARIA   (abbracciandola). Oho! non avevo mica l'intenzione di farti un rimprovero. Perché ridi?

GIULIA   Perché hai conservato il tuo oho maschile che in collegio tanto ci piaceva.

MARIA   Nota che da allora ho fatto una vita in cui ho emesso più d'un grido e talvolta anche qualche bestemmia. Oh! piccolezze, sai!

MAINERI   Col suo permesso dunque, io verrò qui domattina.

MARIA   E nuovamente la ringrazio. M'è stato di buono augurio trovare un amico subito al mio ingresso in città.

MAINERI   Non ha nulla da ringraziarmi. Due mesi fa ho assistito a un suo concerto a Milano e m'è nato in cuore il più vivo desiderio di sedere io una volta al pianoforte e accompagnare quel suo violino ch'è una vera e propria orchestra, parola d'onore. Soddisfo ora il mio desiderio e non merito dunque ringraziamenti. Con permesso. (Si avvia.)

CUPPI (lo ferma alla porta). Dunque è proprio molto brava?

MAINERI   Potrà accertarsene al prossimo concerto. (Via.)

CUPPI Questi pianisti... (Con sprezzo.)

TARELLI   Scusi signor professore Giorgio. (Subito amichevolmente.) Ella quale professore di belle lettere, se ho udito bene, dovrebbe pur conoscere qualche critico musicale in questa città.

GIORGIO   No... affatto. Vivo a scuola e in casa e con giornalisti non ebbi finora nulla da fare. Per buona fortuna perché è gente che a me non piace.

TARELLI   Peccato! Di solito vengono i critici a cercare di noi ma capisco che qui toccherà a noi di cercare di loro. Le faccio del resto i miei complimenti che non conosce giornalisti. Anch'io se potessi farei volontieri a meno di essi. Canaglie! Ma però dico peccato per il caso concreto. Non conosce neppure nessuno che pratichi la compagnia di giornalisti? Eh! già! capisco. Non volendo aver da fare con giornalisti è bene tenersi lontano anche da chi li pratica.

CUPPI (lieto). Son qua io, posso servirla io. Critici musicali? Ma io li conosco tutti! Peccato che non ve ne sia che uno. Il Valzini. Vado a chiamarlo.

GIORGIO   (ridendo). Ce ne eravamo dimenticati. Il signor Cuppi... amico degli artisti.

CUPPI La presentazione è completa, non c'è piú nulla da dire sul mio conto. Proprio è stato detto tutto o quasi. Amico degli artisti! Due intere generazioni d'artisti sono o sono state... sí... gli artisti di due intere generazioni sono o sono stati miei amici. Dalla Ristori alla grande riformatrice del teatro moderno, la Mara, tutti, tutte sono state servite da me.

MARIA   Ha nominato soltanto degli artisti drammatici; si dedicherà poi col medesimo zelo anche ai musicisti?

CUPPI Solo ai violinisti. Ho una passione speciale, io, per il violino, per il re degl'istrumenti, per il principale fra gli istrumenti. I sonatori di piano non amo, non mi piacciono, e neppure al nostro pubblico a quanto ho potuto osservare. Ho già conquistato dei titoli di benemerenza per i violinisti. Il celebre Janson ch'è stato qui due mesi fa, alloggiò, mangiò e suonò sempre col mio aiuto... quando me ne fece richiesta.

TARELLI   Janson è stato qui?

CUPPI Ma sí! Non lo sapeva?

TARELLI   E che successo ebbe? (Piccola pausa.)

CUPPI Perché celarlo? Enorme! Molto grande! Per otto giorni la città non si occupò che di lui; il teatro era pieno, zeppo e vi erano rappresentate tutte le classi sociali; o quasi tutte. Janson era un ospite ricercato dalle principali famiglie della città. I poeti gl'indirizzavano versi e i giornalisti articoli... di fondo. Nella provincia vennero organizzate delle gite per venire a udirlo. Partendo egli mi disse che s'era preso ad amare la nostra città in modo che avrebbe voluto essere nostro concittadino naturalmente se non fosse stato svedese.

MARIA   In allora povera me, nevvero?

CUPPI Oh! no! al contrario! Onorando Janson la città dimostrò quanto essa apprezzava il vero merito nei musicisti e lo saprà onorare molto anche in lei signorina.

TARELLI   Valzini è molto riputato in città?

CUPPI Moltissimo. È anche scrittore politico ma specialmente critico musicale. Si racconta che gli autori principali come Verdi e Wagnèr (all'italiana), quel tedesco, leggano sempre le sue critiche. È gentile e basterà una mia parola, sí, un mio discorso per farlo venire qui.

TARELLI   Scusi in confidenza. (A mezza voce e con gesto espressivo.) Bisogna ungere?

CUPPI Ah! no! Da noi non troverà di questa stampa. Una buona parola sta bene e influisce sul critico suo malgrado. Ne viene meglio disposto, piú facile all'entusiasmo e piú difficile ad arrabbiarsi, cioè a dirne male sul foglio. Ma denaro? Valzini è ricco ossia ha tutto il poco denaro di cui abbisogna.

TARELLI   Ho chiesto per la buona regola. Naturalmente che se è ricco e stimato da Wagnèr (imita Cuppi) non si lascerà pagare.

CUPPI In mezz'ora o poco piú ritorno con Valzini.

TARELLI   La prego di dirgli che io e mia nipote verremo da lui domani s'egli non può venire da noi oggi.

CUPPI Sta bene! Mi piace! Valzini sarà di certo lusingatissimo dell'ambasciata. Con permesso. (Via poi ritorna.) Scusino; mangiano qui?

ALBERTO   Quale domanda!

CUPPI Dovevo chiederlo per la buona regola. Lasciarli correre, camminare soli per la città sarebbe stato un delitto.

GIORGIO   Signorina! interverrò anch'io se me lo permette alle prove di domani quantunque non sia molto musicale. Anzi, e con me parecchi scrittori moderni, siamo in genere contrari alla musica. La cosa tuttavia m'interessa...

MARIA   (impaziente). Sí, sí, insomma, se vuole, venga.

GIORGIO   (dopo un istante di esitazione). Va bene! Accetto l'invito quantunque fatto in forma alquanto brusca. A rivederci. (Via.)

GIULIA   Perché lo tratti cosí? Lui ti parla con una deferenza che tu neppure puoi apprezzare perché non sai come tratta con gli altri.

MARIA   (abbracciandola con grande effusione). Oh! se sapessi quanto piú felice mi rende di vedermi trattata bene da te. Tu sei una parte della mia giovinezza e il tuo volto che non esprime altro che bontà mi rammenta soltanto cose aggradevoli. Ma se tu lo desideri io farò dei complimenti anche a tuo fratello quantunque a me le persone antimusicali non piacciano.

GIULIA   Sai pure che non bisogna tener conto di tutto quello che dicono i dotti. Parlano molto perché parlano bene ma non pensano mica sempre quello che dicono.

TARELLI   Lasciamo stare qui queste valigie?

GIULIA   No, le farò trasportare subito nella stanza destinata a lei o in quella di Maria. Amelia!
(Chiama.)

TARELLI   Non si scomodi. Le posso portare io, da solo se vuole indicarmi dove.

AMELIA   Comanda, signora?

GIULIA   Aiutaci a trasportare quelle valigie. Le mostro io la via. La sua stanza è in fondo a questo corridoio. (Via.)

TARELLI   Mi dispiace di disturbarla... (Via con Amelia.)

SCENA QUINTA

ALBERTO e MARIA

Maria vuol seguire gli altri.

ALBERTO   Scusi, signorina Maria. Una sola parola! Non è Maria ch'ella si chiama? Dolce nome! Avrei voluto conoscerlo ieri.

MARIA   (ridendo). L'altr'ieri cioè.

ALBERTO   L'altr'ieri o ieri fa lo stesso. È una bugia ma non dovrebbe costarle troppo fatica. Per distrazione ho raccontato a mia moglie che avevo abbandonato Firenze l'altr'ieri. Non potevo quindi smentirmi.

MARIA   Infatti, rammento ch'ella mi aveva detto ch'era stata sua intenzione di lasciare Firenze l'altr'ieri. A sua moglie raccontò quindi l'intenzione.

ALBERTO   Sí! La prima intenzione perché la seconda, debbo confessarlo, era di rimanere a Firenze finché c'era lei e poi di seguirla per otto o dieci giorni, o magari per un mese.

MARIA   (divertendosi). Si ricorda dunque anche di questa intenzione? E sua moglie?

ALBERTO   Che c'entra mia moglie? A mia moglie avrei raccontato ch'ero stato trattenuto dagli affari.

MARIA   Povera Giulia! Avrebbe meritato un marito migliore.

ALBERTO   Perché? Chi le dice ch'io sia un cattivo marito? Ne chieda a Giulia e le dirà che migliore non potrei essere: il modello dei mariti!

MARIA   (sentitamente). Dunque tanto peggio: tradita e ingannata!

ALBERTO   No! È lei che s'inganna! Né tradita né ingannata. Adesso io la conosco. So chi è; cioè una grande artista e nello stesso tempo una fanciulla onorata. Ma prima...

MARIA   (oscurandosi). Prima aveva potuto credere dal mio contegno ch'io non sia una fanciulla onorata?

ALBERTO   Mi scusi e non si adiri. Mi lasci parlare francamente perché altrimenti sarà difficile intenderci.

MARIA   (adirata). Non capisco quale bisogno vi sia d'intenderci.

ALBERTO   Vedrà, grandissimo bisogno o meglio e piú francamente, son io quegli che sente tale bisogno. Via! Non sarà tanto buona da rendermi un lieve servigio quale è quello di starmi ad ascoltare? Glielo chiedo quale suo ospite, quale marito di Giulia.

MARIA   Parli dunque. Mi rassegno.

ALBERTO   Non ha bisogno di rassegnarsi a nulla perché mi farebbe un torto credendo ch'io possa avere l'intenzione di offenderla. Incomincerò anzi dal dichiararle che la rispetto tanto che respingerei con indignazione un'idea che potesse essere meno che rispettosa per lei; non la penserei neppure! È soddisfatta? Posso ora parlare senz'altra preoccupazione che di esprimermi precisamente e chiaramente?

MARIA   Parli pure.

ALBERTO   Ecco! Io non ho altro scopo che di provarle che la sua amica Giulia è piú felice di quanto Lei sembra di credere. Per spiegarle il mio contegno mi basterà dirle che anche quando corro dietro ad altre donne, in quel medesimo istante, quando sono tutto intento a raggiungere il mio scopo e che mi trovo in quello stato di esaltazione in cui Ella per mia disgrazia mi vide, anche allora amo mia moglie appassionatamente e le darei in quel medesimo istante il bacio affettuoso di ogni sera.

MARIA   Beata Giulia, dunque!

ALBERTO   Perché, vede, mia moglie e le altre donne, quelle cui corro dietro io, non sono le stesse donne. Che cosa può importare a Giulia di quei fuochi di paglia accesi da altre, di quei desideri che non somigliano nulla all'affetto che porto a lei?

MARIA   Ma che razza di gente ella credeva dunque di aver trovato in me e in mio zio?

ALBERTO   Glielo spiego subito e vedrà che non pronunzierò una sola parola che possa disturbarla, qualcuna tutt'al piú che la farà ridere. Non feci alcuna supposizione sul suo stato; poteva essere quello di una donna ricca o di una grande artista, ella poteva essere la moglie di un banchiere e di un nobile, per me era indifferente. Le donne sono donne e l'esito della mia avventura non dipendeva da queste circostanze. Quello che a bella prima pensai e che mi diede le massime speranze fu ch'ella fosse la moglie di suo zio. (Maria dà in una risata.) Io vedeva in lei una di quelle brave mogli borghesi col marito troppo vecchio e le quali per prudenza non lo tradiscono che quando sono in viaggio. In viaggio... eravamo.

MARIA   Ma come le è venuta l'idea ch'io sia la moglie di mio zio?

ALBERTO   Prima di tutto perché mi auguravo che cosí fosse. Intendiamoci: Non mica le auguravo d'essere la moglie di suo zio; per egoismo desideravo che cosí fosse. I nostri interessi su questo unico punto collidevano. Poi avevo due altre ragioni per ritenerli marito e moglie ed eccole: Il padre ha di solito un contegno differente di quello che aveva suo zio; è meno attento e meno rispettoso. La figlia ha anch'essa di solito un contegno differente da quello che aveva lei: e cioè piú attenta e piú rispettosa. All'artista non pensai e fu il mio solo sbaglio perché (ridendo) se non fosse stata sua nipote e artista, sarebbe stata sua moglie. Parola d'onore!

MARIA   Per un don Giovanni borghese legato dai sacri vincoli del matrimonio non c'è male. Ma mi rimane una curiosità: Tutto il vostro ardore, la vostra esaltazione cadde apprendendo ch'ero nubile? Aveva il timore di contrarre impegni troppo duri?

ALBERTO   No ma temevo di perdere il mio tempo ciò che anche in istato di esaltazione se posso evito.

MARIA   (non molto lusingata). Ah! cosí! Assolutamente dunque il suo proposito correndomi dietro era di passare meno peggio qualche giorno e niente piú?

ALBERTO   Si trattava di vedere prima come avrei passato questi giorni. Se ella si fosse contenuta con me molto ma molto bene... cioè, che dico? Male anzi; sí, con me ella avrebbe dovuto contenersi male, molto, molto male, in allora i miei affari si sarebbero trascinati a lungo. Mi sorprende! Giulia mi disse che la sua ambizione era di venire considerata e trattata come un uomo. Sono certo che in questo riguardo ella di me non avrà da lagnarsi.

MARIA   Non mi lagno nemmeno. (Poi.) Ma di un'altra cosa mi lagno. Non capisco ancora quale bisogno ci fosse di raccontarmi tutte queste cose che io non avevo chiesto di conoscere. Mi pare almeno di non averne fatto formale richiesta. Non mica che mi sia dispiaciuto di sentirla parlare; ella parla bene di queste cose e sono molto curiosa di sentirla parlare d'altre, di quelle di cui parla a Giulia. Anzi ne ho ritratto anche un altro piacere. Mi sento ora sicura in casa sua e sono ben certa di non venir piú disturbata da lei.

ALBERTO   (guardandola con un sospiro). Certo, certo. La mia simpatia è delle piú rispettose perché ella merita tutto il rispetto.

MARIA   Ad onta di ciò mi resta qualche curiosità di conoscere le ragioni che La indussero ad essere tanto franco con me.

ALBERTO   È presto detto. (Con qualche imbarazzo.) Le ho detto nevvero che anzitutto mi premeva di provarle che la sua amica Giulia è una donna felice? No? Non ne è ancora convinta? Ella mi ama molto, io l'amo a modo mio, ma anche moltissimo. Vi sono quindi tutti gli elementi per una vera felicità, uguale, tranquilla, di tutti i giorni, di tutte le ore. Ora debbo prevenirla che questa felicità scomparirebbe se Giulia sapesse che oltre ad amarla molto, moltissimo, io l'amo anche a modo mio... cioè...

MARIA   (ridendo ma con voce un po' stonata). Ma basta! basta! Questo dunque era il nocciolo del frate grigio! Si tratta di non far capire a Giulia che nella noia del viaggio Ella si compiacque di guardare amorevolmente la sua umilissima serva? Ma crede poi ch'io avessi avuto l'intenzione di vantarmene?

ALBERTO   Che idea! Io credetti soltanto ch'ella a tutta la cosa potesse dare tanto poca importanza da parlarne in un istante di buon umore come di un fatto che non concernesse né lei né Giulia. Ora se, come purtroppo è vero che per Lei, io, le mie parole e le mie azioni son cose indifferenti, per Giulia la cosa è ben diversa. Vedrà! La mia casa è delle piú borghesi. Tutto il suo ordinamento è basato sulla cieca fiducia che portiamo l'uno all'altro. La felicità di Giulia è composta anzitutto da una tranquillità d'animo inalterabile. Mi porta un affetto quasi esclusivo cioè diviso fra me e Piero, nostro figlio. Vuole anche bene a Giorgio suo fratello, il professore ch'Ella già conosce, quel pedante; ma il rimanente di questo mondo per essa non esiste. Le sembra quindi naturale ch'io l'ami come ella ama me, esclusivamente. Il primo dubbio potrebbe distruggere questo castello in aria e la mia e la sua felicità. È perciò che Le chiedo formalmente di essere cauta. Avrei potuto risparmiarmi la fatica di farle questa preghiera e affidarmi alla sua naturale discrezione, al suo buon senso; ma la cosa era troppo importante per lasciarla in balia del caso. Glielo assicuro: Basterebbe una sola parola detta scherzosamente per mettere Giulia in diffidenza (ridendo) e capirà che se giungesse al punto di diffidare, poco le costerebbe di procurarsi la certezza assoluta del mio tradimento.

MARIA   Diamine! Con le sue massime, sfido io. Si esporrà continuamente a dei pericoli.

ALBERTO   Mi creda! Meno spesso di quanto sembri. Prima di tutto so essere cauto e poi non basta mica ogni gonnella per accendermi. Occorrono certe figurine da silfidi e insieme da statue antiche; certi occhi brillanti d'amore cioè d'entusiasmo artistico. La luce ch'emana l'arte e l'amore dovrebbe essere simile.

MARIA   (ridendo). Adesso ch'è sicuro della mia discrezione pare voglia ricominciare.

ALBERTO   Oh! no! Voglio essere un buon ospite e rispettoso, un buon amico se mi accorda l'onore di tale titolo.

MARIA   Molto compito!

ALBERTO   Compito è poco. Pare proprio che della mia amicizia non ne voglia sapere.

SCENA SESTA

CUPPI e DETTI

CUPPI (correndo). Valzini è qui! Verrà subito.

ALBERTO e

MARIA   Chi è questo Valzini?

CUPPI Il critico, il giornalista.

MARIA   Prego, signor Alberto, ne faccia avvisare mio zio.

ALBERTO   Vado io stesso. (Via.)

CUPPI Io, sa, son corso innanzi, ho preceduto Valzini per avvisarla di certe particolarità, fatti che lo concernono e che è bene ch'ella conosca. Prima di tutto tenga presente che il nonno di Valzini è stato un grande musicista, sí, abbastanza conosciuto; bisogna, per fargli piacere, dirgli ch'Ella lo conosce di fama, di nome. Anche suo padre ha scritto un'opera ch'è stata data una volta a Milano, una sola volta ma a Milano, capisce. Poi bisognerà che io Le indichi i nomi delle romanze, tutte per soprano, sí, per canto, scritte dal nostro Valzini. Eccole: "L'usignolo nel bosco", "Canto del pastore in Asia"...

CALA LA TELA